THE WIZENARD SERIES: TRAINING CAMP
巫兹纳德系列：训练营

竹竿

［美］科比·布莱恩特　创作

［美］韦斯利·金　执笔

杜　巩　王丽媛　林子诚　译

中国·北京

目录

1. 怀表 / *001*

人和树一样，
没有坚实的根基，
就无法成长。

---

2. 竹竿一样的男孩 / *017*

观众会有掌声或嘘声。
可这重要吗？
无论如何，
你的足迹都将留存。

---

3. 消失的汗珠 / *031*

无法理解他人，
就幻想你是他，
再睁开眼睛。

---

4. 漫长的旅程 / *047*

如果你害怕孤寂，
就多些独处的时间。

---

5. **赢球的策略** / *065*

你在镜子里看见的像，
不是来自身体，
而是来自内心。

---

6. **要说的话** / *081*

再大声的呐喊，
也无法震倒一棵树。

---

7. **暗房** / *105*

永远不要让别人定义你是谁。

---

8. **影子竹竿** / *121*

如果你不确定你的目的地，
不妨继续前行。

---

9. **基石** / *131*

单枪匹马无法取胜。
忘记这一点的人，
不会成功。

---

10. **破碎的镜子** / *143*

我们内心都有一百万个疑问，
只有一个人可以回答。

怀表

人和树一样，

没有坚实的根基，

就无法成长。

◆ 巫兹纳德箴言 ◆

第一章 怀表 | CHAPTER ONE: THE POCKET WATCH

竹竿握住冰凉的金属门把手，犹豫了一下，回头看了看父亲。

父亲的车早就开走了。停车场空荡荡的，只有零落的塑料袋像风滚草一样翻滚着。竹竿叹了口气，转向大门，打气般地点了点头。

"你能做到的，"他说，"走吧，闪耀全场。"

他揉了揉额头。

"闪耀？这什么破词？好吧，我开始自言自语了。会好起来的。"

他深深吸了口气，原地跳了几下，甩了甩胳膊。

"别自言自语了，进去吧，做你该做的事儿。不过，当然了，要比平时再好一点。"

说着他轻轻推开了生锈的大门，像影子一样从门缝里挤了进去。体育馆一片死寂，只听见门在身后咚的合上了。坐在板凳席上的雷吉抬眼看了过来。

雷吉永远是第一个来训练的。竹竿对他了解不多，只知道他父母很早就不在了，还无意中听到过，雷吉每天要坐一小时的公交才能到这里。有些球员住得很近，步行就可以到，但雷吉还是比他们都早。

他们彼此点了个头，竹竿慢吞吞地走到板凳席另一头，期间皱了皱鼻子，体育馆永远有股陈醋味，爷爷以前总把这东西浇在薯条上，想想就恶心。竹竿在板凳席尽头一屁股坐下，整个凳子跟着颤了下。

"呦，竹竿。"雷吉喊他。

竹竿忍住了叹气的冲动。连雷吉都叫他竹竿，他是甩不掉这个外号了。他觉得雷吉也没什么恶意……至少，他已经是队伍里最友善的那个了。雷吉也是瘦长的身材，没竹竿那么瘦，胳膊长手大。他的肤色比竹竿深一点，剃着圆寸，看得见头皮的那种，脸颊上有道细长泛白的疤。

"早啊，雷吉。你感觉怎么样？过得怎么样？就……你怎么样？"

竹竿克制住叹气的冲动。他怎么就不能像正常人一样聊天呢。

雷吉轻笑了下："不错，准备好练球了。你呢？"

"是啊，"竹竿嘟囔着，"等不及了。"

竹竿从包里拿出新球鞋，是爸爸为了新赛季买给他的，但他有点难为情。这双鞋能自动系带，一尘不染——还是前几周刚刚发售的。竹竿偷偷瞥了眼，确定雷吉没在看时，他赶紧穿上鞋，按了鞋边一个按钮。咻的一声，鞋带自动系上，完美契合脚。

"哇！"雷吉感慨出声。

竹竿脸瞬间红了，他努力把脚藏在板凳下。"我也刚拿到。"他有些窘迫地说道。

第一章 怀表 | CHAPTER ONE: THE POCKET WATCH

他深深地知道，他来自相对富裕的北波堕姆这件事本身，对球队里一些人来说，就已经是个麻烦了。波堕姆有四片区域：南边的工业区，如今垃圾漫天，充斥着废弃工厂；东西两区，贫穷，暴力频发；再就是北边了，近郊区，竹竿一家人所在的区域。而西波堕姆是其中脏乱差之最。

雷吉的球鞋又旧又脏，甚至鞋底都像是后粘上的。

雷吉弯腰去看竹竿的新鞋："太酷炫了，你这赛季要起飞啊。"

"打打看吧，"竹竿回道，挤出了一丝微笑，"新鞋也不能帮你把球投进筐里。"

"你这双肯定有用，"雷吉回道，"你知道，阿尔根的孩子会穿这样的鞋。"

"肯定的，"竹竿点头应着，"你……赛季结束后练球了吗？"

"每天都练，"雷吉说，"我在家门口安了个篮筐。好吧，其实是个旧轮胎。没有篮板和篮网。不是真正的篮筐，但也管用。至少，我觉得挺管用的，一会儿看看吧。"

"肯定管用的，"竹竿回道，他停了一下，"我是说……只要篮球技巧更好就够了，对吧？"

雷吉笑了出来："是啊。你呢，练了吗？你们中心区肯定有很好的设施吧。"

"是的，"竹竿有点窘迫，"确实有篮筐。"

他急切地想要融入这个集体，但从第一天起就被盖上了"有钱人家孩子"的印章。精英少年联赛里也有一支北波堕姆的球队，但弗雷迪给狼獾队许下了特别美好的愿景，于是竹竿的父亲为他签了约。但问题是球队里好像没有人喜欢他的存在，尤其他上赛季打得差极了。

"练球了吗?"雷吉又问道。

"那肯定的,"竹竿回应,"练了转身脚步等,也练了力量。"

"好极了!今年要当个名副其实的内线大块头了。"

竹竿转开了视线。他离"大块头"还差得远呢,低位上仍然让对手予取予求。

大门开了,泡椒走了进来,他弟弟拉布耷拉着脑袋跟在后面,打着哈欠揉着惺忪的睡眼。泡椒咧嘴笑着,环视了一圈体育馆,甚至闭眼感受了一下。大概是在重温这里特有的味道吧,虽然难闻。泡椒最爱的就是这个费尔伍德球馆和打球了。

"雷吉,"泡椒喊道,"过得怎么样,兄弟?"

竹竿努力地缩在板凳的角落,6英尺5英寸(约1.96米)的身材让他有点难做到,尽管他大吃一顿之后也只有54千克。这瘦长的身材也催生了那些他无比憎恨的外号。先是"筷子",再是"竹竿",都是一个意思,干瘦,虚弱,丑。

泡椒咚一声坐到板凳席上,转向他。"竹竿,"他说,"嘿,哥们儿。"

"你好,泡椒……我是说,嘿,哥们儿。"

竹竿在心里叹了口气,目光重新聚焦在自己双手上。

"我能做到的,"他暗暗想着,试图压抑胃里上涌的恶心,"好好打球就好。"

他父亲早晨给他做了麦片和吐司,这两样东西现在在胃里仿佛稠成了糨糊。他仿佛还能尝到喉咙间花生酱的味道,心想着说不定一会儿升温会烤成花生脆。他重新看向手里的球。他是队里极少的有自己篮球的人——还是崭新的。先去投篮会不会像是炫耀?会有人这么想吗?还是应该安静地坐着?

第一章 怀表 | CHAPTER ONE: THE POCKET WATCH

这些问题在他脑子里转着,但当门再次打开,就马上被抛在脑后了。壮翰来了,身后跟着杰罗姆。看到这一幕,竹竿试图把自己缩得更小了。

"过得怎么样啊,兄弟们!"壮翰把手放在嘴边做喇叭状,喊着。

竹竿低头盯着自己的鞋,心想着:"今年请对我友善点吧。友善点吧。"

壮翰和杰罗姆轮流和队友交换着问候——混杂着喊叫和击掌——随后壮翰转向了竹竿,沉下脸。

"呦,竹竿回来了,"他操着难以置信的语调,"是去年受得不够,还是怎么的?"

竹竿狠命摇着头,心想着:"求求你别再说了。求你了,求你了,求你了。"

和往常一样,他的愿望落空了。

"行吧,总得有人看守饮水机。"壮翰嘲讽道,"弗雷迪说,我们新来了个大个子,这赛季我们就能统治禁区了,终于少了竹竿这个公子哥。"

竹竿脸颊滚烫。他是家里的独子,但只有在这里才会感到真正的孤独,在这个活动中心,和队友在一起。没有人真心希望他在队里。这怎么能怪他们呢?他篮球打得确实太烂,而且他懦弱又没用。

这些念头像锚一样拖着他,把他从头到脚钉在原地。

随后进来的是雨神,竹竿羡慕地看着他。每个人都喜欢雨神。篮球对他来说太轻松了——精准的投射,娴熟的运球,带着慵懒的优雅。无可置疑,他是球队之星,是弗雷迪的得意弟子。球永远会经由雨神投进篮筐，多数时间里，竹竿的任务就是为雨神做掩护，拦住来协防的对手，或者抢篮板。如果能拥有雨神的能力，竹竿愿意用一切来交换，哪怕只是一天也好。

"这赛季的歌，你写好了吗？"杰罗姆问泡椒。

壮翰嘴里打起了拍子，杰罗姆运球做鼓点配合。

泡椒咧嘴笑着开始了说唱。词里说着球馆的破败，痛揍了谁一拳，最后一句是：

"Dren best watch fur the badyers
Because we are... well..."

德伦就看我们狼獾

因为我们……呃……

他停了下来。

"Mad... gers?"

……我们强如疯獾？

连竹竿都忍不住笑了。泡椒还是没想到和狼獾完美押韵的词。但他毫不在乎地耸耸肩，无视了众人的笑声。泡椒有着雨神的范儿，虽然技术还没赶上。对所有人来说，自信好像都是天生带来的特质，除了竹竿。跟所有人打过招呼后，雨神把视线看向了板凳尽头。

"竹竿。"雨神说。

竹竿尽量克制住了皱眉。队里每个人都听雨神的，显然雨神

第一章 怀表 | CHAPTER ONE: THE POCKET WATCH

也接受了壮翰给竹竿起的这个外号。被叫这名字已经有一年了，大概永远都不会停止了。竹竿向雨神挥了挥手，很快放下了，觉得挥手太蠢了。

"你好啊，雨神。你好。"他说。

"你看上去一点儿没变。"

这句话瞬间刺痛了竹竿。整个假期艰苦的训练，魔鬼般的饮食调节，被这一句话抹杀。竹竿挠着胳膊——虽然他父亲已经告诉他无数次别这么做，说这姿势让他看起来更软弱。竹竿试图想到一句回应。他犹豫了。

"我长了3磅（约1.4千克）。"他最后回道。

竹竿马上就后悔了，说出口的瞬间他就听出这句话有多可笑了。这是他脑海中浮现出来的第一句话，说实话，即使是那3磅，也费了他好大一番心力。增重餐，力量训练，无数牛油果、碳水化合物。竹竿把可能的方式都试遍了，这3磅多多少少也是一些进展。但现在听起来只剩……可悲。

壮翰不禁大笑："3磅？是长了3磅青春痘吗？"

竹竿低头盯着鞋，努力把手放在腿上，才能控制住不去挠胳膊。壮翰果然注意到了他的皮肤。不注意到也难吧，青春痘已经长满了全脸。他想过把它们挤爆，但觉得太恶心了下不去手。

"他说自己胖了3磅，这哥们儿要笑死我了。"

竹竿想逃走，想逃回家再也不回来了。

"3磅！"壮翰不依不饶，"我光今天早晨就长了3磅。"

竹竿把自己缩得更小了，忍着不哭出来。他弯着身子，肩膀努力去够膝盖。他开始想象弗雷迪教练告诉父亲他在训练馆里哭了的画面，那种羞耻让他眼睛灼烧感更强了。

"想要打低位,你还得长30磅(约13.6千克)才够用。"壮翰还在继续说,"我都不知道你为什么回来。你爸给韦雷迪塞了多少钱,才把你留在队里?你这个来自郊区的公子哥……你怎么进队的,我们都一清二楚。"

竹竿眼睛湿润起来,他知道自己有麻烦了。

"你要哭了……"壮翰嘲笑道。

竹竿飞速跑进了更衣室。嘲笑声一路跟随着他。

屋里又脏又乱,因此队上的人大多在板凳席换衣服。几个淋浴间挤在破旧的角落,其中一间瓷砖早已碎裂,水龙头漏着水。竹竿面向镜子,看着第一滴眼泪顺着坑洼不平的脸上滑落。他任手被氤氲的水蒸气吞没,冲洗着头发。水顺着脸颊流下,他擦了一把脸,手停在脸上。他注意到脸上新鼓起的青春痘。就在脸颊正中,像纽扣一样又红又肿。

意识到的时候,他已经在挤了,血点冒了出来,他很快用纸擦掉了。眼泪又冒出来了。

"你真可悲。"他喃喃地跟镜子里瘦弱的自己说。

镜子里的人复述着。

他手撑着洗手台站着,看着自己。

撑过今天就好了,他默念着。

竹竿拖着腿回到场地时,球队里多半人已经开始热身了,共享着一两个球。他拿起自己的球,一个人去到了更远的半场。

阿墙和维恩很快走进了体育馆,弗雷迪带着新来的孩子最后走进来。之前通电话时,弗雷迪提到过他,但没说招募他来打什么位置。现在看来,不言而喻了。

男孩又高又壮——已经有了成年人的身材。竹竿羡慕地望着他。几乎可以肯定,竹竿首发中锋的位置将让给他了。竹竿可没办法跟这么壮的人竞争。

他弓起身子移开了目光,球被忘在了一边。

他父亲会很失望的。

"孩子们!"弗雷迪嘴里喊着,"大家都在呢?过来。给大家介绍一下德文。"

竹竿走近,等其他人围成一个圈后,在人群外围站定。本来他也能透过大家的肩膀看到,所以没什么影响。但随着介绍的进行,竹竿却逐渐困惑起来。他看得出德文脚趾用力抓着地,眼神低垂,肩膀蜷缩着。竹竿认得这些信号。但这么健硕的人,真的会害羞吗?不太可能吧。他拥有竹竿梦想的一切。主要是,这一身肌肉。

弗雷迪一个胳膊环住德文:"他可不是来念诗的,孩子们。德文的位置是前锋,也会是个好的防守人。嗯……等训练结束就会是了。他会和竹竿配合得很好。"

竹竿试图掩盖惊讶:弗雷迪还让他打首发?即便上赛季他打成了那样?

赛季开始前如果能保住首发的位置,父亲会高兴的。他盲目地想着。

"新教练在哪儿?"雨神问,"你说他叫罗洛波,还是叫什么来着?"

说话间,头顶的灯泡突然集体开始闪烁。一阵噼啪声后,灯突然灭了,接着恢复正常——闪着灰白的光,仿佛阳光穿过了阴天浓雾。竹竿皱着眉,仰头望着那数厘米厚的尘埃。

门突然被冲开了,他跳起来,差点栽了跟头。风呼啸而入。

"沙尘暴来了！"泡椒喊道，"快跑啊！"

竹竿眯眼看着，光线里逐渐刻画出一个轮廓，一个人，身形高大——甚至比竹竿的父亲还要高大。他至少有7英尺（约2.1米），因为他是弓腰进来的。他的穿搭非常完美——挺括的三件套西装，皮质的拎包——穿得像竹竿的爷爷一样，但他更高一点。他慢慢走近，从兜里掏出一块怀表。

有一秒，他的眼睛看向了竹竿，那种好奇的目光让竹竿后脖颈凉了一下。怀表仿佛更响了，走得很慢，竹竿往怀表的玻璃盖上瞥了一眼，有一个眼睛水润的男人。竹竿皱了皱眉，男人消失了。

怀表又被收回男人兜里，只剩下表链在外面。

"啊，"弗雷迪说道，声音有点惊讶，"你来早了……"

"迟到或早到，只取决于你怎么看。"他声音冷静地回应。

竹竿好奇地盯着他。他是大学教授吗？为什么穿成这样？无论场馆内外，已经热起来了，而且会越来越热。但是巫兹纳德好像根本没有出汗，也没有一丝一毫的不适。他站在那里，用明亮的绿眸看着球队，仿佛在评估、探究每一个人。

当他的眼神落到竹竿身上时，竹竿忍不住退后了一步。

如果土壤已经被毒侵蚀，树又该如何生长？

竹竿环顾着四周。他身后空无一人，却听到了从背后传来的声音。

"你好？"他小声说着。

雷吉，正站在他身边，盯着他回了一句："你好。"

竹竿挤出了一个微笑，有点不好意思。是错觉吗？

第一章 怀表 | CHAPTER ONE: THE POCKET WATCH

巫兹纳德忽略了弗雷迪,当大门关上时,体育馆又重新恢复了安静。每个人都看着巫兹纳德。他的眼睛依然依次看向每一个球员,当目光落在竹竿身上时,竹竿马上紧张地避开了。他从未感受过费尔伍德如此深沉、厚重的寂静。也许这就是在太空里的感觉,他想着。

接着,仿佛每个人已经轮流自我介绍过了一样,巫兹纳德从衣服口袋拿出了一张折叠起来的纸和一支极其考究的金笔。

"每个人都要在这上面签名,然后才能继续。"巫兹纳德开口说道。

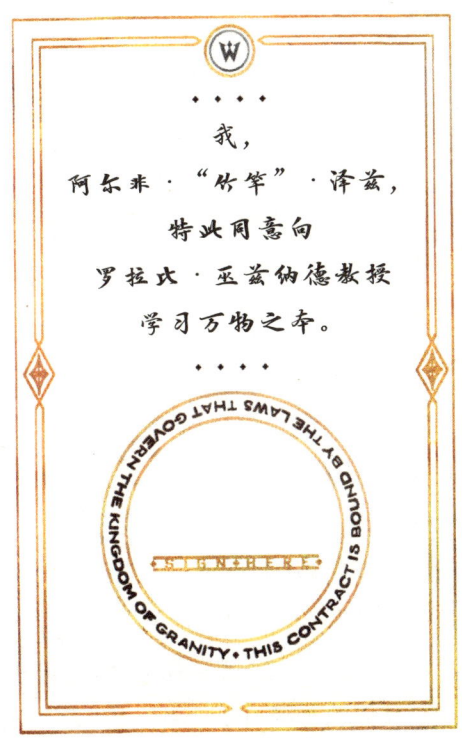

每个人依次传下去，都在同一张纸上签下了名字，竹竿仿佛听到了一阵骚乱，但听不太清。他是最后一个，从雷吉手中接过了那张纸。

竹竿又读了一遍。不知怎么有种熟悉感，仿佛触到了记忆里的某一个开关，尤其是"格拉纳"：他在哪里见过这个词？他感受到了他人的目光，签好字，依然在脑海中努力回想。他到底在哪儿看过这个词？

巫兹纳德收回了合同，仔细看了一遍，点了点头。在竹竿还没意识到的时候，合同已经像气泡一样凭空消失了，发出啵的一声。

"什么……哪去了……怎么做到的……？"竹竿喃喃自语道。

巫兹纳德打开了包，把整个手臂都伸到里面。竹竿困惑地盯着他——这包明明只有1英尺（约0.3米）深。更奇怪的是，他听到里面滑动、撞击声和一个低沉有些郁闷的咆哮。"我一定是没睡醒。"竹竿想着。

"什么？"那个低沉的声音问道。他意识到，这声音莫名很像巫兹纳德的声音。

接着，巫兹纳德毫无预兆地从包里掏出一个篮球，扔给了壮翰。球狠狠地撞在壮翰脸颊上，竹竿咬住嘴唇才抑制住了笑声。

"疼。"壮翰抱怨着。

竹竿余光瞥见一个橘黄色的球向自己飞来，险险接住。

瞬间，球馆变样了。整个球队都消失了。

他忽然被一面面让人眼花缭乱的哈哈镜包围，仿佛置身于游乐园里的奇幻屋。有些镜像矮而胖，有些瘦而高，瘦得近乎病态，仿佛能从木缝中穿过去。在其中一个镜子里,他的脸仿佛被满满的青春痘吞噬了,红而愤怒。他伸出手想要触碰,却发现指甲又长又弯,剃须刀般尖利。恐惧像潮水一样吞噬了他。

竹竿原地转着,想要找到出口,突然站住了。他看见一面镜子。镜子里的他,肩膀和手臂有着结实的肌肉,面容清晰,和往常油腻的拖把头不同,镜子里的他头发整齐而浓密。伤疤不见了,他瘦削憔悴的脸变得英俊而坚毅。他上前一步,伸出手想要触碰那个男孩,那个阿尔菲·"竹竿"·泽兹。这时,他看见站在镜子旁的巫兹纳德,正看着他。

"嗯。"巫兹纳德说,"很有意思。今天就到这儿吧。我们明天见。"

镜子随即消失,整个球队回来了,每个人的表情都不轻松。巫兹纳德走向大门。竹竿几乎没有注意到他。他还在环顾着,想要寻找到刚才那个更好的竹竿。那个他父亲会喜欢的竹竿,那个球队更需要,也是他本人更需要的竹竿。

"明天什么时间见?"泡椒问。

巫兹纳德没有回答。门砰的一声关上了,泡椒追了出去。

"球我们还能留着吗?"泡椒追问着,打开了门,"什么…教授呢?"

巫兹纳德已经走了。

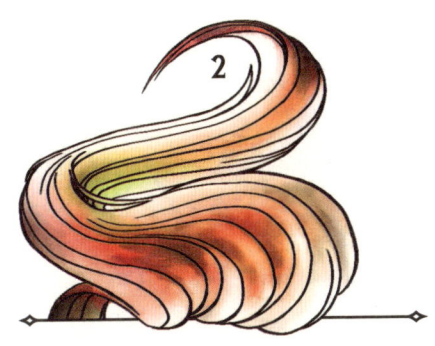

竹竿一样的男孩

观众会有掌声或嘘声。

可这重要吗？

无论如何，

你的足迹都将留存。

◆ 巫兹纳德箴言 ◆

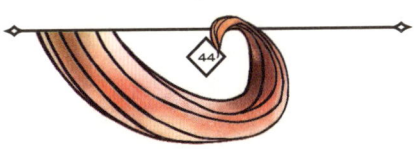

第二天早晨，竹竿盯着这扇破旧的门，甚至不确定自己是否有推开门的勇气。他父亲并没有给予太多帮助，只告诉竹竿，太紧张会让人产生幻觉，坚强点，"像个男人"。他不知道这对不对，也不知道到底怎样才像个男人，但他没有问出口。他没有问过他父亲……从来没有。问了可能只会得到一通关于尊严的演说，一次禁足，或者最可能的——怒骂。

母亲也不会相信他的，虽然她至少会用手试一下他额头的温度，看他有没有发烧。他近乎祈求地希望有个人能解答他看到的一切，但愿望注定落空。母亲如往常一般提醒他，只要他想，随时可以不打球。她说，不应该为了取悦父亲而强迫自己再打一个赛季。但她不懂，竹竿是想打球的。

这也是他今天回到这里的原因。即使他看到了那些怪相，即使他会被霸凌。

竹竿推门而入。和往常一样，只有雷吉在。

他松了一口气，至少，暂时可以松口气。他想过把这些嘲笑告诉父母。母亲一定会说，她要联系壮翰的父母。而父亲，则会说真正的男子汉不会受这些影响。坚强点，"像个男人"。这是他父亲针对一切问题的解决办法。真正的男人都是坚强的，真正的男人从不沮丧，真正的男人心是钢铁做的。

如果这是真的，竹竿离成为真正的男人的距离，比他想得还要远。

"早。"竹竿说，把包放在板凳席远端。

"早，竹竿。"雷吉回道，"准备好再试一次了吗？"

竹竿挤出了一个微笑，走向更衣室："还没。"

他锁上更衣室里最大浴室的门，看向镜子，深深吸了几口气。蜡黄的胸顶着T恤起伏着。他的眼神落在细长的手指、纤细的脖颈、凹陷的脸颊。他父亲总说，他得再长点肉，可自己的身体就是不听话。他仿佛被拉长了，像一块粘在凳子上被拽起来的口香糖。如果只有这一个烦恼，他也许还可以接受。但他的皮肤也被青春痘攻陷了——太不公平了。这些青春痘还因为他不停挤压而在脸上留下了各种疤痕和坑洼。

他摸着脸上新鼓起来的青春痘，想象着壮翰会不会注意到。有的时候他会觉得，长了新青春痘以后，脸上就只剩这个痘了。所有人都只能看见这个痘，就像有聚光灯打在上面一样。在他意识到之前，他已经把青春痘挤破了，拿起手边的卫生纸按在伤口上，想着，还有没有人像他一样可悲。大概没有了。他憋回想要哭的冲动，把沾血的卫生纸冲掉了。

"你可以的。"他撑着盥洗池，对自己说，"今天会更好的。"

找回了面对球队的勇气后，他走了出去，坐在板凳席上。

"嗨，竹竿。"拉布说，睡眼惺忪地看着他。

第二章 竹竿一样的男孩 | CHAPTER TWO: THE STICK MAN

"嗨。"竹竿回道。

泡椒起身拉伸，看了看他："已经出汗了？"

竹竿脸红了："没有，水而已。你知道的……清醒一下。"

"我懂你。"拉布接话。

"希望你休息得不错，"泡椒说，"谁知道那个巫兹纳德今天有什么新花样。"他停下，看向竹竿："所以，你觉得这个人怎么样？"

竹竿想说出他看到的画面，但绝不会冒被人嘲笑他像个怪胎的风险，他已经够难融入这个球队了。他耸了耸肩。

"我不知道。有点……奇怪吧。"

泡椒点了点头，看起来对这个答案并不满意。

"是啊，"他嘟囔着，"奇怪，算其中之一。"

雷吉正在训练高位的翻身跳投。竹竿加入了他，走向了平时熟悉的热身区。他开始一个接一个练习罚球，投出后跑到篮下接住篮板，再回到罚球线重复，无论进球与否。

雷吉停止了投篮训练，看着他。

"你在罚球上还真的挺下功夫啊。"雷吉说。

竹竿点点头："是，我父亲说练习罚球对基础有帮助。"

"是啊，"雷吉回，"你上个赛季罚了几次篮？"

"一场一两次吧……"

"没错，你需要练习罚球，但更需要练习如何能让自己走到罚球线上。"

"我知道的。"竹竿有点抗拒地回应着。

雷吉微笑着："我不是在欺负你，竹竿，我是在帮你。"

"是……是吗？"

"当然了。"

雷吉转身,随手投了一个篮。

"你的投篮看起来很棒。"竹竿说。

"一直在练习,"雷吉回道,"看来那个充当篮筐的旧轮胎还是管用的。"

竹竿犹豫了一下,紧接着走到低位,练习背身单打的技术。转身上篮,翻身跳投,打板投篮。当没有防守人在旁,没有压迫,没有人关注时,他可以轻松使用这些技巧。左侧假动作,走右侧。后撤步,跳投。起身,压低,再起身。

他默念着这些动作,脑海里是父亲的声音。

"做假动作,肩膀压低,出手,走起!"

"有了。"雷吉说。

但球队其他人很快就到了,当看见壮翰坐在板凳席一脸嘲讽地盯着他时,竹竿又重新回到了罚球线。这里更安全,投篮更轻松,没有人指指点点。

雷吉叹了口气,摇了摇头。

"他可能不来了。"拉布的声音从体育馆远处传来。

"或者他可能已经来了。"

竹竿朝着声音的源头看去,巫兹纳德坐在板凳席上,正吃着苹果。他站起身,咬下最后一口,弹走了苹果核,它飞跃20码(约18米),掉进体育馆另一头的垃圾箱。竹竿看呆了。巫兹纳德可连看都没看。

"投得漂亮。"雷吉喃喃道。

巫兹纳德抄起包,走到了场地中央。

"把球放一边去。"

竹竿跑回板凳席，把球塞回包里。他注意到，每个人都小跑着，这很奇怪，过去一整个赛季，好像从没有人着急做任何事。壮翰总像个孔雀一样在场馆里昂首阔步地走，雨神也只在心情好的时候听听教练的话。但今天，连雨神都跑起来了。他也是最快跑回巫兹纳德身边的人之一。

球队围着高大的教授绕成了一个圈。

竹竿从没见过巫兹纳德这样的一双眼睛：泛着层次渐进的绿色，从浅绿到深绿再到墨绿。他思忖着，巫兹纳德脸上那道白色狭长的伤疤是哪来的呢——一定有人疯了才会想跟这样一个人为敌。竹竿敢打赌，连他父亲都不会跟巫兹纳德对峙，而他从未看见他父亲回避过任何一次争执。

竹竿试图唤起心底那一丝勇气。他父亲表达得很明确：他想要见见巫兹纳德，越快越好。

"嗯……巫兹纳德教授？"竹竿嗫嚅地开口。

巫兹纳德转向他："嗯？"

竹竿清了清嗓子，却发出扭曲得像被捏着喉咙的病猫似的声音。

"我……呃……我爸爸想知道，家长什么时候能过来见见您？"

"试训之后，我就见你们的家长。"

竹竿张了张嘴，又合上了，有些困惑。他刚刚是说了试训是吗？竹竿还有可能被开除？他的眼睛不由自主看向德文："新来的人会取代我吗？"

"你说试训对吗？"泡椒问出口，显然有着同样的疑问，"我们是一个队的啊。"

"你们曾经是一个队的。但在我的球队里,每个人都得自己争取位置。"

竹竿倒吸了一口气,他肯定会被除名。太好了,父亲要气死了。

他不由自主地开始挠胳膊,在看到伤疤后瑟缩了一下。

"也就是说,我们父母要是想和您聊聊,得等上 10 天?"维恩问。

"如果有急事,可以打 76522494936273 这个电话。"

竹竿摸索了下裤兜,皱起了眉。他身上怎么可能有笔呢?短裤连兜都没有。他想着要不要回板凳席拿手机,可他已经记不起来号码了。

"所以是……7……8……?"他念叨着,试图回想起来,"能重复一遍吗?"

"你爸肯定能帮你找到电话号码。"壮翰嘲讽道。

竹竿浑身僵硬,移开了目光,脸颊烧了起来。为什么他非要问问题,把注意力吸引到自己身上呢?说话从来没给他带来过什么好结果。他只要闭嘴打球就够了。这也是每个人想要的。

"我们先分组对抗。"巫兹纳德接过话。

竹竿努力掩盖住了不情愿。他最讨厌分组对抗赛了。这个比赛意味着,壮翰会一直推搡压着他,雨神也会火力全开。对抗赛打得没有任何配合,或是团队可言——甚至从混战发展为一对一单挑。幸好他们之前只在训练最后进行,竹竿能快速离开场地,不让人看见身上的瘀青,或是溢出来的眼泪。但一上来就分组对抗赛?简直像噩梦一样。竹竿甚至想着,现在装病是不是太晚了。

"去年的首发球员对阵替补球员。德文和替补一队。"

第二章 竹竿一样的男孩 | CHAPTER TWO: THE STICK MAN

竹竿仿佛听得见没说出来的潜台词,"暂时性的"。嗯,好极了,他和壮翰是对手。在和壮翰一起跑线时,竹竿暗暗叹了口气。

首发队员在竹竿身边集结:雨神、泡椒、拉布和阿墙。

"准备好被碾压了吗?"壮翰甚至懒得压低声音了。

竹竿感受到一颗石头重重压在心头,他还没准备好面对这一切。真正的男子汉不会因为一句垃圾话而哭出来。但竹竿不是真正的男子汉,他不知道如何隐藏情绪,他不知道该如何坚强。

隐藏情绪,并不是坚强。

竹竿环顾四周,寻找声音的源头,然后停下来,开始思考。

这声音,听着像是从他脑海中传出来的。

"嗯……你好?"竹竿在脑海中说。

巫兹纳德把球抛向空中,完美的开球,竹竿相信他一定会跳赢的——他比壮翰高了6英寸(约15厘米),垂直弹跳也更好。然而壮翰动了别的念头,他撞了一下竹竿的胃,让竹竿完全失去了平衡。竹竿痛苦地弯腰,喘着气,壮翰把球拨给了维恩。竹竿倒抽一口气,甚至有点想吐的冲动。

当他振作起来,他感觉渐渐可以呼吸了,混合着愤怒、羞耻和愧疚的情绪涌上了他的全身。壮翰歪着嘴角,带着一丝笑,仿佛玩了个多高明的战术。最糟糕的是,即使听了父亲这么多建议和演说,竹竿也知道,他不会报复回去的。他是个弱者,是个懦夫。

壮翰迅速跑到低位,竹竿跟上他,依然感到胃部发紧。竹竿紧跟着他,成为他和篮筐间唯一的屏障。竹竿挥舞着胳膊,像是汽车店外可笑的随风晃动的充气小人一样。壮翰对此的回击,是压低肩膀，顶住竹竿的胸膛，支起胳膊肘，直戳竹竿暴露在外的胃。竹竿又咽下了一声呻吟。

"要哭了吧，竹竿？"壮翰嘲讽道。

竹竿无视了他，试图避开这些垃圾话。

"不会说话了？"壮翰继续说着，"太可悲了。你到底为什么要来这？"

"来……打篮球。"

"你不属于这儿，公子哥。回富人区找爸爸去吧。"

"是弗雷迪让我来……"

"现在他走了，"壮翰哼了一声，"喂，新来的，跟我换位防守。"

壮翰顶着他一步步走到另一侧，竹竿被迫跟在身后。德文和阿墙随后赶到，竹竿注意到德文在努力躲开他，避免身体接触。他转过头，皱了皱眉。德文完全没有在低位推阿墙，或者顶开他。他单纯地站在那，高高伸着手要球，一言不发。

"他为什么不用身体压制住阿墙呢？"竹竿困惑地想着。

竹竿看见雷吉正准备把球传给壮翰，这时想起了父亲说过的话："试着把手挡在你的对手面前，挡住他接球。"他在为拼抢位置而较劲着。

"给我，"壮翰喊道，"让我掰断这支竹竿！"

雷吉想传过来，却被雨神中途截下。

"呵！"壮翰大声抱怨，"这算哪门子传球啊。"

竹竿试图在进攻端跟上雨神，但壮翰此时伸出了一只腿。竹竿被绊倒了，整个脸撞在地上，牙也磕到了。他震惊地趴在那，舔了一下检查牙有没有松。壮翰迈过他，脸上挂着轻蔑的笑俯视着他，目光闪烁。

"趴着吧。"他轻声说。

竹竿其实想这样，但怕有人会踩到他，所以他挣扎着爬起来，到防守端卡位。壮翰又故意和他撞在一起。竹竿感觉肺里又一次缺氧，急喘了几次。杰罗姆从他身边跑过，上篮成功。

"防得漂亮，竹竿"，壮翰说，"这赛季肯定会打得配上你这个绰号的。"

"把球捡起来！"泡椒语气里带了一丝怒气，把球塞到了竹竿的怀里。

竹竿红着脸跑回球场。确实是他的责任。

还没跑到禁区，他就听到身后的喊声。他疑惑地回头，维恩已经持球上篮得分了。他们现在0-4落后，泡椒也一脸茫然。泡椒少见地失误了——他跟队友解释他手有点潮。

"这运球太低级了吧，跟竹竿似的。"拉布说。

"真谢谢你。"竹竿嗫嚅着。

泡椒这次运球过了半场，但也仅仅是刚过。雨神罕见地对跑出空位没有兴趣，竹竿挤到了禁区下。出乎意料的是，球传到了他手上。他转身，在罚球线用了一个假动作，壮翰跃起来，显然准备给竹竿一个血帽。竹竿笑了，正准备运球上篮。这时他却愣住了。篮下出现一面镜子——这次只有这一面。

镜子里是个骨瘦如柴的小男孩，留着杂乱无章的爆炸头，棕色的大眼睛清澈明亮。这是二年级时的竹竿。镜子里的他也在同样的位置持球准备上篮。但还没来得及，就被别的小朋友打断了。

"他不会投的，"其中一个人说，"他害怕了。"

"真是个怪胎。"

"娘娘腔。"

竹竿太熟悉这些词了⋯⋯每一个他都听到过。接着他的父亲在镜子里走过来,赶走了其他的孩子,竹竿想情况会好起来的。

"我不允许我的孩子被这样嘲笑,"他咆哮着,"你真给我丢人。"

无数回忆涌上心头。父亲开车载他从比赛回家的路上,感慨雨神是个真正的篮球手。父亲总说,要更像他表哥杰拉德一样——魁梧,粗暴,一个彻头彻尾的混蛋。时间再往前拨,4岁时,父亲抢走了他的河马玩偶,因为"他不再是个小宝宝了"。所有记忆汇聚在一起,很难去看,思考,或做任何事情。正因为这所有的一切,如今他依然很尴尬。

竹竿把球重新传回给泡椒,甚至忽略了身后长篇大论的抱怨。他拖着双腿走到禁区边线,止不住地发抖。在那之后,他甚至都不想跑出空位接球。他不想再碰球。他不想再做回阿尔菲·泽兹了。

接下来的对抗赛,他都在走神。他默然地接受了那些肘击和推搡。雨神的好胜心显然被挑起来了,当一个篮板正好掉在竹竿不情愿伸出的手里,雨神已经开始快攻奔跑了,雷吉有心无力地跟在他身后。竹竿余光瞥见,窗户一角反射着光。

"竹竿!这儿!"雨神喊道。

想都不想,竹竿把球远远地丢向雨神,仿佛在甩掉烫手的山芋。

"运球都不敢了?"壮翰嘲讽着。

竹竿瞥了他一眼,慢跑跟在雨神身后。

"没什么要说的?"壮翰说,"永远在逃避?永远害怕地跑开。"

竹竿脸上又开始发烫。跑到前面的雨神，突然表现得非常奇怪，仿佛开启慢动作模式。然后他停下来，投了个偏得不行的三分。

雨神从来不会以这样的方式投球。有些事情不对。

雨神看见了什么？竹竿想着。

你终于问对了问题。

竹竿瑟缩了一下，看向场地正大步走着的教授。

"今天的训练就到这儿吧。"

"今天什么基础动作都不练吗？"泡椒问。

和往常一样，巫兹纳德没有回应。球以一种诡异的角度精准地滚回他的脚边，停住了。巫兹纳德低头捡起了球，走回看台，边走边随意地把球丢进包里，接着像等公车一样随意地坐在看台上。他一坐定，就响起了震耳欲聋的撞击声。更衣室的门被猛地吹开，狠狠地撞到墙上，引得所有人转向声音的来源。更衣室吹来刺骨的寒风，竹竿惊奇地瞪着眼睛。更衣室里面根本就没有窗户。

"哪儿来的风……怎么吹起来的……？"壮翰喃喃道。

竹竿回过头。看台空了，罗拉比·巫兹纳德已经不见了。

球队爆发了广泛的讨论，这到底是魔法，是巫术，还是所有人都疯了。期间，竹竿依然盯着看台，讨论进行时，竹竿突然想起来了。这个记忆从昨天开始就折磨着他。这是他很久很久以前读到过的故事，又或者是别人读给他听的……是一个童话故事。也是关于魔法的，不过名字不太一样……叫格拉纳？他记得有一座山、一个岛……还有点别的什么。他眼睛突然睁大了。所以合同上的那个词他才会看着这么眼熟。

竹竿走到放包的地方，准备把鞋收起来。他突然愣住了，他的粗呢包上放着一张名片。蓝白相间，写着大写字母 W 和一串电话号码：76522494936273。他拿起名片，猜想巫兹纳德可能在什么时间放名片。竹竿冲去停车场，拨打了过去。电话居然通了。

一个低沉的声音响起："这里是罗拉比·巫兹纳德……"

"你好，巫……"

电话那头并没有停顿，仿佛是提前录好的声音。

"这个号码是家长专线。祝你今天过得愉快，竹竿。"

竹竿缩缩脖子，挂掉了电话。他困惑地盯着手机，突然，另一个他读过的童话里的词进入脑海，一个单词，一个他遗忘了很久的单词。

"巫兹纳德。"他默念着。

这根本不是他的姓氏，这是个头衔。

他打给了母亲，让她来接自己，他此刻非常想快点回家。他必须去找到那本书。

3
消失的汗珠

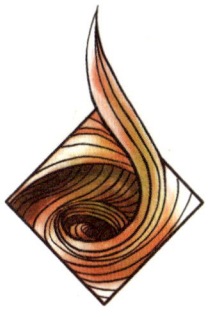

无法理解他人，

就幻想你是他，

再睁开眼睛。

 巫兹纳德箴言

第二天早晨，竹竿一个人坐在更衣室里，那种特有的酸臭，像两条发酵的鼻涕虫一样，钻进他的鼻子。他正坐在环绕更衣室四周的木板凳上休息，木质的板凳连着钢质的支架，上面已遍布着黑色的霉斑。曾经的白墙，如今也尽是水渍残留的黄铜色的圈。几个锈迹斑斑的篮筐，从板凳下支棱出来。竹竿想要一个人待着，而这里，写着满满的孤独。

他手里拿着一本破旧、皱巴巴的书——《格拉纳的世界》。

他在衣柜底部找到了这本书，昨晚至少读了10遍。书里写了大海里一座遥远而与世隔绝的小岛，以岛上那座雪顶的孤峰闻名，那里就是格拉纳王国。那里有很多教授——男女都有，他们周游世界，解锁格拉纳魔法，如幽灵一般穿梭于世间。他们被称为巫兹纳德。在这本书里，一个名叫帕娜的孤儿——迷失在海上，偶然发现了这座岛，并被训练为巫兹纳德的一员。她本希望能一直留在岛上，忘掉过去的生活。但在学得了格拉纳魔法之后，她意识到，这不可行。书里的最后几句话是："帕娜意识到，格拉纳一直都在那里。她必须把学到的一切，分享给世界上的人们。于是帕娜离开了王国，成了一名巫兹纳德。"

　　竹竿咬着自己的指甲。他把书带来想给队友们看，但现在想想，他们一定会觉得自己是个笑话，没有人会当真的。这是一个童话故事，妈妈会念给他听的睡前故事。他甚至能想象到壮翰歇斯底里的嘲笑声。他手指抚过书里每一页插图。一个漂亮的金杯，一座白色的石头城堡。一座巨型的拱门切入大山，里面是一个巨大的圆形房间。

　　他合上书，塞进书包里。这是个巧合，一定是。但巫兹纳德也不像是个正常教练。竹竿的父亲昨晚打给他，准备询问竹竿上场时间的问题。他是在家里书房打的电话，但挂断出来时，神色竟有一丝——沉重。他温柔地告诉竹竿，巫兹纳德是个好教练。仅此而已，再没有说一句话。竹竿从未见过他如此沉默。

　　这也是格拉纳魔法吧？

　　当竹竿从包里掏出球鞋的时候，一张折叠的纸片从鞋里掉了出来。

　　竹竿觉得眼睛瞬间湿润了，他用手掌粗暴地擦去眼泪，抹掉脸颊上淌下的泪痕。他相信他的妈妈。他可以跟她聊巫兹纳德，她会耐心听的。但听完一定会告诉父亲。父亲发现后，会大喊大叫，会告诉竹竿，懦夫永远不会胜利。他要把注意力放在比赛上。

　　竹竿小心翼翼地折上纸条，放回了包里。

　　"我不能出去。"他自言自语道，轻柔的声音在空荡的更衣室环绕着。

第三章 消失的汗珠 | CHAPTER THREE: THE DISAPPEARING SWEAT

> Dear Alfie,
> You looked ill at dinner tonight. I know you said you were fine, but I am worried about you. Is everything okay at training camp? Are the other boys picking on you? You can come talk to me at any time.
> Love Always,
> Mom

亲爱的阿尔非：

你今天晚餐看起来不太舒服，

我知道，你说自己没事，

但我还是很担心你。

训练营一切都好吗？

孩子们还欺负你吗？

你随时可以来找我谈心，

爱你的，

妈妈

    他的四肢，仿佛被无形的钢筋绑在板凳上一样，动弹不得。他知道他可以在板凳上坐一整天，队友不会在乎的。他们可能都不会发现吧。竹竿身体后仰靠着，看见远处的墙面，突然眯起了眼睛。

    煤渣砖块上写了什么东西。他走过去，看清了那句话。他开始怀疑，为什么自己一开始坐下时没有注意到呢。字迹非常漂亮，仿佛书法般优雅：

> *You will only find courage when you challenge your fears*

直面恐惧，才能拥抱勇气。

竹竿伸手抚摸着干了的墨迹，品味着这句话。随即点点头，坐回去穿上了运动鞋。这个板凳，曾有数百甚至数千个人坐过。里面总有一些人，也和他一样害怕过。也许就是那个写下这句话的人。但他们还是找到了勇气站起身，回到场上去打球。

竹竿也能做到。他能再坚持一天。回到场上时，大多数队员已经到了。主板凳席几乎坐满了。

竹竿坐到远端的板凳席上，安静地等待着壮翰每日必至的嘲讽。他们还没来，而即使已经到了的人，也没有说话。顶多是在窃窃私语着。竹竿又把书掏了出来。他们的教练真的是位巫兹纳德吗？这一切是真的吗？

"世界上可没有什么魔法。"拉布厉声说，声音从众多窃窃私语中脱颖而出。

"真的吗？"声音从他们背后传来。竹竿头回得太猛，直接从板凳席上摔了下来。另一个板凳席上，大家也人仰马翻地摔在一起。巫兹纳德走进场地，一只手里拿着皮包，另一只手有韵律地摆在身体一侧，仿佛爷爷的旧怀表一般，带着一种催眠的节奏。

"如果你不相信有魔法，"巫兹纳德说，"还得多体验体验。"

他眼神看向竹竿，和往常一样，竹竿开始听到时钟的滴答声。

第三章 消失的汗珠 | CHAPTER THREE: THE DISAPPEARING SWEAT

改变永远不晚。

这次竹竿没有移开视线,他直视着巫兹纳德的眼睛。他正看着一位巫兹纳德。

你是第一个发现真相的人,你会是第一个面对它的吗?

"我要如何面对它?"竹竿在脑海里回应着。

靠汗水。

"我们先跑圈。"巫兹纳德说道。

竹竿眨了下眼睛,准备开始训练。他注意到队伍正跑向他的方向,于是动了起来,但这样一来,他成了领跑,这令他不舒服。他放慢了脚步。跑过5圈后,他开始疯狂出汗。汗水顺着他的前额和尖尖的鼻子往下流,很快,竹竿就尝到了嘴唇上咸咸的味道。

"大家来罚球吧。每人投一次。"巫兹纳德宣布,"只要投进,大家今天就不用跑了。要是没投进,全队就多跑5圈。"

"我来吧。"泡椒说着,喘着气走向罚球线。

竹竿双手抵着膝盖,看着汗水落下来。汗滴在地上,然后突然像被抽掉一样,瞬间消失了。他皱了皱眉。他从没看见木地板这样过。他抬头看着四周,所有人都在他身边大喘着气。他们的汗也都滴在地上,消失不见了,仿佛费尔伍德球馆正在吞噬他们的汗水一样。

他跪下来伸手摸了摸地板。手感很粗糙——曾经打的蜡早已被磨掉了,不同的地方间有裂缝,仅仅触摸都仿佛让竹竿的手指更粗糙了。

"这算哪门子的投篮?"拉布不敢置信地念叨着。竹竿抬头。

球正转出篮筐，留下一脸难以置信的泡椒。

"再跑5圈。"巫兹纳德宣布。

竹竿在周围的抱怨声中站起身来，正准备开始跑步。突然被眼前一幕惊呆了。"还有其他人看见这个了吗？"杰罗姆喃喃道。整片地板向上倾斜成45度角，仿佛体育馆被人从一面掀了起来一样。竹竿感觉到鞋子在往后滑，赶忙蹲下身，控制平衡。

"开始。"巫兹纳德喊道。

"一个巫兹纳德。"竹竿震惊中想着。

准备好寻找你的格拉纳了吗？

"我……我不知道。"竹竿脑海中回道。

"跑起来，开始寻找吧。"

竹竿动起来了。他不得不迈开大步，身体向前倾，把自己推上斜坡，双臂放在身前保持平衡。他的双腿像滑冰运动员一样左右摆动着，当他到达底线并再次转身时，大腿像燃烧般地酸痛。竹竿滑动着停了下来，感觉身后发生了连环撞击。现在地板开始向下倾斜了。

"天啊。"竹竿喃喃自语。

爬得更高，落得更远，去寻找真理吧。

竹竿身体后仰，开始了小错步向前。

"如果我死了，告诉世人我的传说。"壮翰龇牙咧嘴地说。"说你掉进坑了，还是死于心脏病？"维恩接话。"随便吧。"

当他们跑完由不断变幻的障碍构成的5圈后，雨神站出来投篮了。竹竿已经被汗水浸透了，估计短裤都能拧出水来。

第三章 消失的汗珠 | CHAPTER THREE: THE DISAPPEARING SWEAT

谢天谢地,他知道训练这就要结束了。雨神从来不会投失。

雨神站上罚球线,竹竿已经可以预见球的轨迹。运球,运球,运球。深呼吸。所有如往常一样。但出手的瞬间,他猛然一抖,球砰的一声弹离篮筐。

"不。"壮翰嘶吼了一声。

"大家,喝点儿水吧,"巫兹纳德说道,"稍后我们再跑圈。"

竹竿拿起水瓶,看到雨神愤怒地摔了更衣室的门。他因为投丢这一个球而沮丧吗?他对雨神了解不多,只觉得他的人生非常完美。最好的球员,最酷的队友,一身投篮的真本事。雨神拥有一切。

"雨神怎么了?"阿墙嘟囔着。"不知道,但我敢说,肯定是罗利·维尔德-因-纳德先生干的。

竹竿握着水瓶,瞥着教授。他仿佛雕塑般站在场馆中央,眼睛盯着横幅。竹竿想起书上的另外一段:"他们告诉帕娜,巫兹纳德都活得非常久。有些甚至超过 1000 岁。他们拥有着一份最古老也是最重要的工作……提醒世界时刻记得,他们到底是谁。"

"那些地板……在动,是吧?"一个低沉的声音问出口。

竹竿看向德文,惊讶于他竟会主动开口:"是吧。至少……我这么想。"

德文点点头:"我就问问。"

他们又开始跑了。和刚才一样,每跑完一个回合,地板都会随时变化,投丢球的人员名单在不断增加:拉布、维恩、壮翰。队员们已经筋疲力尽了。

"竹竿,"雷吉在跑步间歇喘着气说,"你上。"

竹竿看过去,整个球队都弯着腰大口喘着气。没有其他志愿投球者了，竹竿气喘吁吁地走上罚球线。他的腿像旧橡皮筋一样，失去了弹性。他深吸了一口气。

"轻松，利落地扔出去。"竹竿想着，把汗津津的手在 T 恤上蹭了蹭。

他模仿着雨神：运球，运球，运球，深呼吸。然后准备投篮了。

但他举起球时，突然感觉篮球前所未有的沉重。他看到手里的篮球变成一个黑色的铅球，仿佛过去的囚犯脚上拴的那种一样。他略不自然地举起篮球，把双脚分得更开，以稳定自己。他觉得整个身体要被篮球钉进场地里了。他咬着牙，继续坚持着，把篮球举过了头顶。

"他也太弱了。"拉布嘲笑着。

他回头看向球队，好像没有人在说话。

"他连球都举不起来。"壮翰笑出了声。

"很……很沉。"竹竿回道。

"太丢人了。"雨神接话，"他的父亲肯定会以此为耻的。"

但他们的嘴都没有动。是吧？竹竿转开了头。

又一次，竹竿挣扎着举起了篮球，他仿佛在做力量硬拉一样努力着，接着把球抛向前方。球一离开手，就马上恢复了正常。球笔直地飞向了篮筐，砸在篮板上，弹回来的时候差点砸到他的头上。竹竿听到队友难以置信的惨叫声，他的脸上烧了起来。

眩晕中，他跑回球队。他们又跑了 5 圈，这次面对着更稀奇古怪的障碍。竹竿已经力竭了，腿仿佛不再是自己的。幸好，雷吉投中了球，球队爆发出一阵如释重负的欢呼。

"喝口水，休息休息吧。"巫兹纳德说着，大步走向场地中央，

"大家把水壶拿过来。"

竹竿拿起他的水壶,还在回想那颗沉重的篮球。不仅仅看见,他还清晰地感受到了。是有形的,是真实的,他又一次想起了那本书。帕娜后来学到,巫兹纳德们不是创造了魔法——他们是借由格拉纳,找到了每个人都拥有的力量。

最重要的课之一,就是去建造属于自己的世界。

你不是吗?

竹竿环视四周,惊讶得扔了水壶,又赶紧捡了回来。

"还没习惯呢。"他默念着,"可以用意念沟通,这是格拉纳吗?"

世间万物都是。

竹竿喝了点水,加入巫兹纳德身旁围坐的圈子。巫兹纳德从包里掏出一盆花,放在地上。一盆漂亮的、浅白色的小雏菊——这样漂亮的花竹竿只在书上见过。

你想看看格拉纳吗?

"是的。"竹竿兴奋地想道。

那就看着这束花的成长。观察每一个细节,那些难以察觉的部分。

竹竿皱着眉盯着那朵花。他把腿蜷在身下,试图集中注意力。前一两分钟,他还试图看出点什么花样。最后发现,这就只是一盆雏菊而已。

很快周遭的声音吸引了他的注意力:滴答作响的钟,人群中挫败的叹息声，人们坐立不安的沙沙声。他试图看出花的成长，但一无所获。

你赶时间？

"我没有。"竹竿说着，看向巫兹纳德。

你一直想要改变，想要全新的身体，全新的生活。你对现在拥有的一切又做了什么？

竹竿移开视线。再看回来时，雏菊已经枯萎了，场馆只剩下他自己。一滴冷汗从他后脖颈流下。这一切是真的吗？他爬到花盆边，伸手抚摸雏菊。它轰然凋谢，化作尘土。他诧异地盯着它，内心升腾起一丝伤感。它本来那么漂亮。

当我们试图索求更多，就会忘记拥有的一切，被忽略的部分，就会自己凋零。

竹竿抬头，看到巫兹纳德盯着自己。
"我正在努力变得更好。"竹竿抗议道。
"在现有的基础上成长，"巫兹纳德说，"而不是去幻想成为其他人。"
竹竿眨了眨眼，瞬间又回到刚刚围坐的圈子中，周围是队友。巫兹纳德把花塞回包里，竹竿紧张地盯着他。
"今天还有一堂课。"巫兹纳德说。
他的绿眼睛扫向竹竿。

是时候让竹竿成长了。

竹竿和其他人一起站起身。巫兹纳德正在搭建一个环形训练场。他从包里随手丢出几个障碍锥,让它们组成一个完美的 Z 字形路线。他再把手伸进包里,拿出几个大得出奇的设施:一个有金属底座的圆环,6 英尺(约 1.8 米)长的立杆和更多的锥筒。这些设备都足以填满一卡车了。好像这还不够似的,他又掏出 3 颗篮球,把它们摆成一列。

"我出现幻觉了吗?"雷吉喃喃道。

"我已经不知道了。"竹竿说。

当球队在 3 颗篮球前站定时,巫兹纳德转向他们。

"大家需要完成如下训练:第一圈先从上篮开始,然后在另一端的肘区投篮。回来的时候,把球传给队伍里下一个人,下一个人接着开始。"

雨神上前抓起了第一个球,发出了一声令人毛骨悚然的尖叫。他突然抓住了自己的右手手腕,把球扔了下去。竹竿吃惊地看着他继续疯狂尖叫。篮球场上响起了此起彼伏的尖叫声。竹竿极其不情愿地低头,看了下去。

他的右手不见了。他的手腕末端是一堵扁平的、皮肤颜色的肉墙。竹竿盯着自己的断肢,惊呆了。他用左手的手指戳了一下,没有任何感觉。他听见四周的尖叫、抱怨声和咒骂声但他几乎听不清这些声音。他的手不见了。

"只有我的手不见了。"拉布喊道。

"我的手也不见了。"竹竿有些麻木地说着。

拉布看着他,接着转向了巫兹纳德:"这不可能。"

"众所周知,可能或不可能,其实非常主观。"巫兹纳德说道,"大家可以开始了吗?"

一时间没有人回答——周围只剩呜咽声和低沉的咒骂声。

然后雨神用左手抓起了球,开始训练。众人不情愿地跟着跑起来。竹竿上篮严重失误,几乎没有穿过锥筒。他两次失手丢了球,尽管他在被杰罗姆传球之前超过了沮丧的阿墙。当竹竿试图把球扔进垂直的圆环里时,他差了大概有10英尺(约3米),接着他投了一个离谱的单手跳投。在他抢到篮板球时,他感到非常尴尬,他的后脑勺被另一颗篮球狠狠地砸了一下。

"抱歉,兄弟。"拉布说。

道歉声在球场上此起彼伏。

"小心!"泡椒的传球也砸在了维恩脸上。

"你不是在玩躲避球,哥们儿!"维恩抱怨着,揉了揉脸颊。

训练还在继续。竹竿又被打中了6次,还有一次正中鼻子。他的左手上篮三分之一都没中,跳投和传球入环更是一个没进。太丢人了。当巫兹纳德最终宣布训练结束的时候,竹竿筋疲力尽地坐了下来,他汗流浃背,眼睛都因为盐分而刺痛,几乎睁不开。

"我们能把手要回来吗?"雨神问道。

"明天练习防守,这个很有用。"巫兹纳德说。

说话间,巫兹纳德收起了包,向着一面砖墙走去。

"他知道那没有门吧。"泡椒说。

场馆里的灯像迷你超新星一般闪烁起来,更衣室爆发了恍如白昼的刺眼的光。竹竿听到了一丝声音——仿佛是海浪声。呼啸的山风,竹竿闻到了咸咸的海风的味道。

"格拉纳王国。"竹竿念叨着。

灯光闪烁间,巫兹纳德不见了。

他艰难地撑着自己站起来,地板上发出一阵吞吸的声音。他回头一看,地板已经完全干了。这不可能。竹竿又跪了下来,摸了摸硬木地板。宽阔的木板条慢慢向两边分开，他把手伸进木板间的缝隙。

他脑海中浮现出了这样一个画面：无数银色的血管和动脉在他脚下流过，延伸到墙壁和天花板上。它们在流淌，在跳动，由汗液输送而成。体育馆仿佛活着一样。"一颗心脏。"他喃喃道。画面消失了。他意识到自己正屁股着地坐着。所有血管和动脉都消失了，但他仿佛还听得见心跳声。

"你还好吗？"雷吉问，伸出一只手帮他站起来，"除了少了一只手以外。""没事，"他感激地握住雷吉的手，"谢谢。"

"太疯狂了，是吧？你能看见我的手，是吗？"

"是啊，可能他只是让每个人出现幻觉了。"

"这一切我都完全不能理解，"雷吉说，"要是有人能告诉我发生什么就好了。"

竹竿正准备开口说那本书的事，然后犹豫了。他不希望被嘲笑，虽然雷吉是很友善的，那依旧是给孩子看的童话故事。所以他只是点点头，挤出了一个微笑。"我也不懂。"

他们一起走向板凳席，雷吉转头盯着他。"你脸颊上的疤是怎么弄的啊？"他问道，"一直想问你。"

竹竿伸手摸了摸脸，因为挤了太多次青春痘，他脸上留下了很多泛白的痘印和疤痕。这些灰白的伤疤，让他看起来像个战争后的老兵一样。他觉得丑极了，可是却没法控制自己。

"天生的。"他说。

"哦，我只是觉得最近疤痕变多了……"

"没有。"竹竿打断了他。话说出来比他想得更尖锐，他转过了脸。

雷吉脸红了："对不起。就想问问你还好吗。"

他们继续朝板凳席走过去，极其尴尬。竹竿开始咬起了手指甲，思考着他不能失去队里唯一的朋友。他并不想谈论那些疤痕……但至少他可以跟他分享那本书的事。也许雷吉会把它看成信任的标志。他又开始咬指甲了。

"我想给你看个东西，行吗？"他在雷吉身后开口。雷吉转身："什么东西？"

竹竿把他领到板凳席，环顾一下，确认每个人都在忙自己的，接着用左手拿出那本书，递到雷吉面前。

"《格拉纳的世界》，"雷吉缓缓而认真地念出了声，"我觉得小时候奶奶可能给我念过这本。看着挺眼熟的，你为什么……"

"打开看看，如果想要的话，今晚可以借你带回家。"

雷吉皱了皱眉，然后打开书，小心翼翼地放在膝盖上，用他不常用的右手翻着页。第一页是那座岛和山的插画。

书开头写着："很久以前，在格拉纳王国里，住着很多巫兹纳德……"

"哦，"雷吉小声说道，"我明白了。"

漫长的旅程

如果你害怕孤寂，
就多些独处的时间。

◆ 巫兹纳德箴言 ◆

第四章 漫长的旅程 | CHAPTER FOUR: THE LONG WALK

　　确保没有人看他后，竹竿弯下腰，左手按键把两边的鞋带系紧了，松紧度刚刚好。其他人都在困难地绑着鞋带，他不想再让别人注意到他，尽管他同情他们。自从昨天的训练回家后，他差点吞掉牙刷，弄翻牛奶，完全放弃了看书的念头。他被无法灵活使用左手的自己吓了一跳。他的左手感觉就像海盗的铁钩子。

　　他的父母对此没有发表意见。他们看得见他的右手。竹竿只需要努力一点，坚强一点。他的父亲总是这么说。感冒了？坚强点。校园暴力？坚强点。

　　"坚强点。"竹竿甚至不知道它的意思。不要抱怨，或许根本就不应该生病？不要因为被校园暴力而哭泣，或许别让他们找上你？坚强到底是什么意思？

　　"熬夜了吧？"雷吉问，在围着体育馆冲刺了几圈后，竹竿和雷吉倒在板凳席上。他们一如往常一样是最早到的，其他人们陆续也到了。"对了，给你。"

　　他用一只手把书从包里拿了出来，然后还给竹竿。

"你读过多少次？"竹竿问雷吉。

"差不多20次吧。总觉得和帕娜有共鸣，你懂吗？"雷吉回答。

竹竿差点举起手拍一下自己的额头，对啊。雷吉也是个孤儿。

"我没有想……"

"没事的，"雷吉打断他，"重点是……书上说的好像是真的。"

竹竿看着他："是啊，你和你奶奶提了没有？"

"没有。她会说我是疯子的。她的思想比较闭塞，你明白吗？"

"什么意思。"

"不准抱怨。不准顶嘴。她不会相信魔术的，也不会相信格拉纳。"

竹竿点点头，把书放回包里："她和我爸爸一样。你奶奶照顾你多久了？"

"到今年10月就6年了，从我6岁开始照顾我。"

竹竿迟疑了一下，他本不应该问这个问题。他知道自己不该问，但是他真的很想知道。

自控从来不是他的长处。

"你……父母呢？"他问。

雷吉沉默了很长时间，竹竿知道他越界了。他已经在脑海里想好了一段道歉词。他有时太笨了。

"我不清楚。"雷吉终于开口了。

"什么意思？"竹竿控制不住自己，"他们…离开了？"

"不完全是。"

雷吉叹了口气,看着自己的手,仿佛答案就在手上写着,"他们出车祸了。"

"对不起。"竹竿喃喃地说。他不能想象失去父母的生活。

雷吉盯着他。"这是警察告诉我的,但是我没看见他们的车。没有照片。什么都没有。"他暂停了一下,"他俩都是记者。当时在报道关于总统的事。"

"我以前都不知道。"竹竿喃喃自语。

他突然紧张起来。雷吉到底什么意思?政府杀了雷吉的父母?他环顾四周,确保没人在听他们谈话,大家都已经去热身了。这种事情只要想想就觉得很危险。

"队里没人知道。"雷吉说。

"但是你告诉我了。"

"对,"雷吉点着头说,"我相信你可以保守秘密。"

竹竿点点头:"当然。还有…我很抱歉。"

"我也是。"雷吉低声说道。

门突然被打开了,雨神走了进来。弗雷迪跟在他身后,他紧张地扫视一圈体育馆。竹竿一下就猜出来这是什么事了:弗雷迪是来开除罗拉比·巫兹纳德的。竹竿昨天看见雨神在队员离开前和其中几个人低声交谈着些什么,但是竹竿不是其中的一员。显然雨神已经做出决定了。

"最好别再想巫兹纳德了。"雷吉悄悄地说。

"他们问你了吗?"

雷吉哼了一声:"当然没有。"

竹竿静静地听球队的投诉。显然,弗雷迪完全不相信——手消失了，却只有自己能看到；倾斜的球馆；那些声音。但他只是安静地听着，表示同意解雇巫兹纳德。毕竟，雨神想要什么，弗雷迪就会给他什么。

竹竿希望他可以辩护，努力留下巫兹纳德，但是他甚至没有尝试去做，羞愧感充满他的全身。他是一个真正的胆小鬼。他爸爸知道。整支球队知道。最糟糕的是，他自己也知道。他继续不发一言。

弗雷迪瞄了一眼手机："好吧，呃，他应该很快就来了……"

"你曾经在这些球队打过球吗，弗雷迪？"

竹竿转向声音的来源。罗拉比·巫兹纳德正站在一排五颜六色的冠军旗帜底下。

"什么……怎么回事……？"弗雷迪结巴地问。

巫兹纳德大步向他们走去。弗雷迪真的尽力了，他甚至赌上过自己的名声，担下了所有指责。

但是巫兹纳德没有动。巫兹纳德的目光扫过球队时，所有人一片寂静，当竹竿和他对视时，一个词语似乎在他们之间闪过：勇气。竹竿低头看着鞋子。他想为巫兹纳德争论这事儿已经不重要了，因为他没有付诸行动。他像往常一样，不发一言。竹竿没有一点勇气。

"你错了，"头脑中的声音说，"了解自己也需要勇气。"

巫兹纳德和弗雷迪握手，球队老板顿时僵硬了。竹竿数了一下，几乎有一分钟，一片安静。然后，一句话也没说，巫兹纳德收起了手。

"巫兹纳德将继续担任球队主教练，"弗雷迪轻柔地说，"我……我非常期待新赛季的到来。"

第四章 漫长的旅程 | CHAPTER FOUR: THE LONG WALK

然后,弗雷迪走了。竹竿看着他,疑惑刚刚弗雷迪到底看见了什么。

未来。

巫兹纳德等到门关上后,像没事人一样转向队员们。

"今天主要练习防守。但在教大家站位、防守策略之余,必须先告诉大家,如何成为一名防守者。这两堂课不是一回事。"

安静仍在延续,但一阵刮擦声打破了安静。竹竿四处看看,想找到声音的来源。老鼠的声音没有这么大。或许是一只特别大的老鼠?是一只流浪狗?

"防守者必须具备怎样的素质?"巫兹纳德问。

没人回答——大家都在听刮擦声。竹竿的目光落到更衣室的门上,门锁正在咯吱作响。有东西在里面。是个大家伙。

他往后退了一步,想着那本书。岛上有动物,大象、狮子、龙、狮鹫,和巫兹纳德生活在一起。巫兹纳德带来了类似的东西吗?竹竿希望答案是肯定的。他盼望看见神话中的生物。

"嗯…站对位置?"泡椒说。

"在那之前。"

"沟通?"维恩说。

竹竿看着门,着了迷。那里面到底有什么东西?狮子?蛇怪?河马?

"在那之前。"巫兹纳德说。

寂静再次降临。或者,寂静被一阵低沉的刮擦声打破了。

"要时刻准备着,"巫兹纳德说,"他们必须随时准备着。一名防守者必须永远比他的对手快一步。他们必须提前思考,提前策划战略。他们必须随时准备移动。"

又响了一下,门锁大幅度地摇动起来。

"谁能去把更衣室门打开吗?"巫兹纳德问。

没有人应声。情形十分明朗,没有人会去开门。开门并不是一个好主意。但是,竹竿感觉他的手在身侧抽动着。他回想起墙上的信息,还有巫兹纳德看着他时他内心的羞愧。他是一个胆小鬼,但难道他就不能改变吗?就一次也好。门开始抖动。他也开始抖动。内心的声音告诉他赶紧逃走。

勇气只对懦夫有价值。

竹竿已经厌倦了害怕。他害怕练习,害怕上学,甚至害怕在家。整个队伍开始后退,他却开始往前走。他正在颤抖,心里七上八下。

但是他继续走了过去。

"你在干什么?"泡椒震惊了。

竹竿回答:"我想去看看那里到底有什么。"

竹竿要成长了。

竹竿抓住门把手。刮擦声顿时停止了。他只听见怀表在他背后滴滴答答——很慢,却让人镇定。他深吸一口气。

他把门打开了,一只老虎走了出来。

她直直地朝着巫兹纳德走过去,步伐优雅而自信。壮翰飞似的逃到板凳席上,这点让竹竿很满意。但竹竿觉得一点也不害怕。那只老虎美极了。

"来见见卡罗吧。感谢她今天自愿来帮我们。"

卡罗转过身，扫了一眼队伍。她的眼睛是浓浓的紫色。

"原来他真的是巫兹纳德。"雷吉小声地说。

"是呀。"竹竿回答。

"雨神，往前走一步。"巫兹纳德命令。

雨神的眼睛突然睁大了，好像在考虑是否应该往前，然后不情愿地走出队伍。他的腿抖得似乎要摔倒了。

巫兹纳德把篮球扔到球场中央。

"训练内容很简单，"巫兹纳德说，"把球拿起来，老虎卡罗来防守。我们一个一个轮流来。我想让每个人都看好了，把看到的一切都好好记下来。"

雨神脸色一下白了："什么？我才不会靠近那个东西。"

卡罗低吼了几声，她的紫色眼睛眯了起来。

巫兹纳德一边摸着卡罗的脖子，一边挠着卡罗的耳后说："卡罗不会伤害你的，她是我见过最好的防守者。残酷而敏捷。"

卡罗开始踱步。竹竿看着她轻松流畅的动作，着了魔。

"真正的防守者一定要像老虎。第一个拿球进攻的人，就能把自己的手赢回来。"

雨神站在那，无动于衷。竹竿确定他会拒绝。他甚至可能直接退队走人。如果他走了，狼獾队可能要原地解散，这个赛季在开始前就要结束了。

球馆里似乎因为期待而变得越来越安静。

雨神动了。他很快，但是不够快。

卡罗一掌拍在他的胸口，把他打倒，钉在地上。当他躺在地上还没回过神来的时候，卡罗舔了舔他的脸，走到球前反复踱步。

"该德文了。"巫兹纳德说。

他做得没比雨神好多少,也收到来自卡罗慰问式的舔舐。

"竹竿上。"巫兹纳德说。

竹竿突然反应过来,巫兹纳德在叫他竹竿。他皱了皱眉头。难道巫兹纳德不知道他讨厌这个外号吗?这个外号很侮辱人。竹竿代表着他的瘦削、软弱。

竹竿紧张地走上前。眼前的一切更需要他担心。

卡罗的目光追随着他的每一个动作,无数块肌肉正在上下起伏。

"你能做到的。"竹竿自言自语道。

他往右跨了一大步,然后试着变向到左边。但没有成功,卡罗一下子就扑上来。她舔着他的头,舌头又干又粗糙,他笑了。她趾高气扬地走回巫兹纳德身边,又开始踱步。

球员们一个一个上场……最后到了壮翰。

壮翰抱着胸说:"我不干。"

"如果不做这个挑战,我们的防守课就到此为止。"巫兹纳德说。

"行啊。"

竹竿自己也不清楚为什么开口了。他没有和壮翰说话。他只是想传授他自己的经验。当然,他本应该闭嘴享受今天的胆小鬼变成壮翰的事实。

但是他的嘴违抗他更聪明的大脑的命令,插了一句:"没那么糟,她很温柔的。"

"别和我说话。"壮翰咆哮。

竹竿抬起头:"我就是想帮帮你啊……"

壮翰转过身对着他。壮翰本来就没多大的眼睛,已经眯成一

第四章 漫长的旅程 | CHAPTER FOUR: THE LONG WALK

条缝，里面的恨简直让人害怕。竹竿被吓到了。他知道壮翰不喜欢他。这太明显了。他猜是因为他又安静又害羞，而且他们打的还是同一位置。也可能因为他与众不同：一个来自富人区的小孩居然在费尔伍德打球。但是壮翰眼睛里的信息并非不喜欢。那是恨，深沉的恨。

"恨从恐惧的土地里长出。"脑海中的声音说道。

"我很恐惧。"竹竿想。

"那你就可以拥有勇气了。"

竹竿深吸一口气。他今天已经面对过老虎了。他也可以面对这件事。

壮翰扭曲的声音响了起来："我不需要你帮忙。"

竹竿和壮翰对视着。他平常会躲开壮翰的目光，当需要当面对质时，他的鞋子或者手就成了最好的焦点——他的焦点从来都不在问题本身上。不管是在这里、在家，还是在学校。他总是逃避问题。总是这样，而这什么都无法改变。

壮翰问："你现在觉得自己特别厉害是吧？"

竹竿看着壮翰的手慢慢握成拳头，足足有一个垒球那么大，那拳头随时都好像要打上什么东西。更确切地说，是要打一个人。竹竿依然没有动。

有那么一刹那，竹竿的脑子里出现他父亲的形象，对着竹竿大发雷霆，满是愤懑。竹竿会退缩，道歉，卑微到尘埃里。但今天，他直视"父亲"的双眼。

"我没别的意思，"竹竿说，"就是看你需要帮忙。"

壮翰一下子火了。朝竹竿胸膛上推了一把，竹竿一下子飞了出去。他的尾椎骨狠狠地撞在地板上，疼痛使他猛吸了一口气。

眼泪不自觉地涌了出来。他滚到一侧,不让自己哭出声来。

泡椒跑着扑到壮翰身上,双臂环绕着他的躯干。"别打了。"

壮翰不放弃,朝着竹竿扑过去,想要揍他的意愿越来越明确。阿墙和杰罗姆也来帮忙了,一人抓着壮翰的一只胳膊,想把他按住。

"我不需要你帮忙!"壮翰已经进入狂怒状态,"你觉得你能解决我的问题,是吗?知道你是郊区的公子哥,有新鞋,有新手机。你不是这儿的人,你配不上。"

他浑身颤抖,每个词都是从牙缝里挤出来的。就算有3个人挂在他身上,他依然在努力向着竹竿扑来。

竹竿站起来了。他的话砸中了他的内心——他配不上。

"你说的都是什么?"他问。

"你知道训练之后我去哪儿吗?去打工,打两份工。就这样,我们穷人还是还不起账单。因为交不起电费,整整一周都摸黑过日子,你经历过吗?你知道因为没其他可吃的,所以把食物上面长的毛挑走是什么滋味吗?你知道因为没钱请医生,所以用毯子把妈妈裹起来是什么滋味吗?"

"我……"

壮翰尖叫着:"这就是我全部生活,但是你把它夺走了!"

竹竿看见壮翰的眼睛湿润了,他看到的再也不是一个恶霸。他看见另一个孩子。一个内心充满愤怒和痛苦的小孩。这些痛苦和愤怒都不是壮翰的错。竹竿这辈子都没有打过工,更别提两份工作了。他从来不用为了衣食住行担心,更不用想家里会不会停电。

但是壮翰需要。竹竿明白一切从开始就错了,原来壮翰是妒

第四章 漫长的旅程 | CHAPTER FOUR: THE LONG WALK

忌他。

"谁来首发是弗雷迪定的,"竹竿轻声说,"就是战术安排啊……"

他想让壮翰好受些,但是并没有起到作用。壮翰朝他举起拳头冲了过来,竹竿知道他要被痛揍一顿了。

他想:"还好,我没有到死也是个胆小鬼。"

然后巫兹纳德的大手一下子拍在壮翰的肩膀上。他的手像起重机一样把壮翰拎了起来,泡椒、阿墙和杰罗姆也一起被拽起来了。阿墙和杰罗姆赶紧松开手,只剩泡椒还挂在壮翰身上。巫兹纳德把壮翰在空中转了一圈,让壮翰转向他,这没费吹灰之力。

竹竿看着壮翰在空中摇摇晃晃,怜悯之情油然而生。

如果是以前,竹竿可能会拍手称快。

巫兹纳德把壮翰放了下来,泡椒一下子跑开了。大家都瞪大了眼睛。

"恐惧滋生愤怒、滋生暴力,"巫兹纳德说,"恐惧帮你做选择,恐惧永无止境。但我看重诚实。这一次的暴力行为,我原谅你了。"

"我不干了。"壮翰说,"这训练太傻了,我不干了。"

"后果你心知肚明。"

壮翰从板凳席上站了起来,背对着整个球队:"我不在乎。"

"去更衣室待10分钟。"巫兹纳德说。

壮翰顿住,看着巫兹纳德:"什么?"

"去更衣室看看镜子里的自己,看10分钟,然后再做决定。"

壮翰迟疑了一下,然后风一般地冲进更衣室,甩上了门。

巫兹纳德拍了拍卡罗的头,她喉间发出一声低吼,体育馆的硬木地板都震动了起来。"虽然没人进攻成功，但你们都展示出了真正的勇气。这是个不错的开端。"

说完这句话后，大家的手都回来了。竹竿活动一下手指，微微笑了。大家都在欢呼，击掌，互相握手。但是没有人找竹竿，他只能自己和自己握手了。尽管重新拿回手让他很开心，但是他感觉更孤独了。

他一直盯着更衣室看。他好奇壮翰在里面是否同样孤独。

巫兹纳德突然发问，打断了他的思绪："为什么你们过不了她？"

泡椒回答："因为她是只老虎。"

"是老虎又怎么样？"巫兹纳德笑了。

"所以她很强壮。"杰罗姆说。

"还很大。"维恩补充。

"没错。所以我们必须让自己变得更强壮，也要表现得如此。还有吗？"

竹竿盯着卡罗："她反应特别快。"

"确实。你的反应速度怎么样？泽兹先生？"

竹竿想了一下。他从来没想过这个问题。

"嗯……这个嘛，我觉得还不错。"他说。

话音未落，巫兹纳德中指一动。一个黑色纽扣就从他手中飞出，正中竹竿的脑门。竹竿完全没有反应过来。

"可能不太好吧。"竹竿怯怯地改口。

"你的反应是可以被训练的，"巫兹纳德说，"反应是一种直接的、无须思考的与大脑有关的运动。反射弧是你神经的意识与敏捷性的体现。这是可以训练的。训练可以让你的大脑随时保持戒

第四章 漫长的旅程 | CHAPTER FOUR: THE LONG WALK

备。永远。"

竹竿背后突然升起一阵寒气,他回头看了一下门,发现门被关上了。非常寒冷。

"那是什么?"杰罗姆问。

竹竿随着杰罗姆的目光望过去,怔住了。在体育馆的中间,一个颜色深如墨水的球正在空中飘着。那球看起来像是由液体组成的。摇摇晃晃。

一个沙哑的声音突然响起:"你在怕什么?"竹竿不自觉地打了个寒战。

巫兹纳德转过去,眼睛里闪着光,对球员们开口:"这是个你们都想抓住的东西。不,这是你们必须抓住的东西。谁抓住了它,就能成为更好的球员。但它不会一直持续在这儿。如果没人抓得住,大家就跑圈。开始!"

竹竿不是很确定他到底想不想去抓那个球,其实他很想逃跑——但是,不经大脑思考,他就加入追逐的行列。他原本认为这是一场速度的战争,但并不是。

人群一靠近,那个球就以迅雷不及掩耳的速度移走了,像疯狂小鸟一样在球员之间穿梭。谁都碰不到它。德文和阿墙撞在一起,杰罗姆又被他们绊倒,飞了出去。

杰罗姆在地上哀号:"我怎么记得打篮球没有这么痛苦呀。"

有一次,球突然改变方向,径直朝竹竿飞了过去。竹竿大感惊奇,居然躲开了——这让他成了大家的笑柄。他尴尬地跳了起来,重新加入追逐中。那真是一场疯狂的、不经过大脑的、不可能成功的追逐。

最后,球靠近卡罗,卡罗直接把球吞了下去。

"这才是好防守。喝点儿水,然后跑圈,罚球。"巫兹纳德说。

其他队员都一瘸一拐地去拿水壶,竹竿却慢慢走到卡罗身边。他终于知道了,卡罗身上的自信是她如此有吸引力的原因。这吸引力具有传染性,他想要更多。他紧张地拍了拍她,她低吼了一声,用鼻子蹭了蹭他的手。

"她是从哪来的?"竹竿问巫兹纳德。

"千里之外,雪与沙之地。"巫兹纳德回答。

"是一个岛吗?"

"童话故事里通常隐藏着世界最后的真理。"巫兹纳德笑了笑。

"我想去那个岛。"

"去倒是可以去,就是路程可不轻松。"

"我不怕。"竹竿并不是很相信自己说的话,但还是说了出来。

"你当然害怕。如果你不怕的话你早就变得更强大了。"

竹竿移开视线:"嗯,我确实不强大。"

"我们都很强大,生活是艰辛的,我们必须强大。只是有时候我们忘记了自己的力量。"

竹竿挤出一个笑容,去喝水了。当他放下水壶的刹那,更衣室的门开了,壮翰从里面走了出来。竹竿一下紧张起来,害怕壮翰会再次攻击他。

巫兹纳德问壮翰:"镜子里的男孩说什么啦?"

壮翰犹豫了一下:"他说要留下来。"

"还有什么呢?"

壮翰对着竹竿低声道:"对不起。"

仇恨已经降温,但依然还存在,深深刻在壮翰的脸上。但这次,竹竿不再害怕了。虽然他不知道如何改变,这像一个开始,

第四章 漫长的旅程 | CHAPTER FOUR: THE LONG WALK

他明白仇恨的原因了。

"镜子里的像通常比盯着他看的那个男孩要聪明,但是倾听很难。"巫兹纳德说。

壮翰自己亲吻了一下自己的右手。

"跑圈去。"巫兹纳德说。

跑圈开始了,和往常一样,大家的罚球都没有进。

除了德文,竹竿是最后一个上场的,当他上场时全队已经大汗淋漓了。他走到罚球线,看了看罚球线下面的镜子。那个紧张的小男孩又一次站在那里,周围是嘲弄他的同伴。父亲从后面走过来,看起来怒发冲冠。竹竿没等父亲走到。他举起球,完成了罚球。

唰。

竹竿如释重负地倒在地上,汗水在地上慢慢消失。

"明天我们练习集体防守,今晚大家好好休息。"巫兹纳德说。

他和卡罗一起朝前门走去。

泡椒喊道:"你……你要把老虎带走?"

门开了,巫兹纳德和卡罗扬长而去。

"他可真该学学怎么跟大家说再见。"泡椒嘟囔。

累坏了的竹竿摇摇晃晃地走到长椅边,脱掉运动鞋。

"今天我们可是和老虎一起训练了。"泡椒说。

杰罗姆是第一个笑出来的,然后笑声从板凳席传到了竹竿这边,他也忍不住笑了。这实在是太荒谬了,他除了笑也没什么好做的了。

"来段说唱吧,泡椒!"杰罗姆喊。

泡椒站起来,上蹿下跳,手上也没闲着,好像在做一场个人表演一样。他即兴说唱了一段,最后戏剧性地以手一指北墙作为结束。竹竿笑了,虽然他在这打了差不多一年球,但这是他第一次在这里笑。这个体育馆永远充满着压力、嘲弄的语言和失败。只有在今天,他感受到了力量。

竹竿给妈妈发信息,让她来接,然后他坐在板凳席上等着,他偷偷看着壮翰。壮翰今天寡言少语,安安静静地离开了。竹竿在想,他是不是要去打工了。

几分钟后,竹竿拉上拉链,拿起背包出去了。在出去的路上,自豪感油然而生。他勇敢地面对了一只老虎……还面对了一些让他更害怕的事。他没有放弃。他想了一下他的父亲,想象着自己能否在家里也拥有今天的勇气。就在他走出去时,雷吉斜挎着包,走到他身边。

"现在你觉得我们的巫兹纳德怎么样?"雷吉问。

竹竿看着雷吉:"他能来,我很开心。"

⑤ 赢球的策略

你在镜子里看见的像，

不是来自身体，

而是来自内心。

◆ 巫兹纳德箴言 ◆

现在的清晨已经很热了。竹竿站在费尔伍德的大门前。波堕姆的夏天是出名的变幻无常——令人窒息的热浪可能会在顷刻间变成湿热的熔炉，又随时可能被东边吹来的冷风骤雨驱散。竹竿倒是希望现在能来点雨。今天仿佛是那种让人喘不过气的闷热天。他叹了口气，盯着大门，金属门把仿佛成了热浪聚集地。接着他皱起眉头。

这道门永远是破旧的：青绿色的油漆是拼凑而成的，下面的金属上是上百张不同的政府海报的残迹，后来他们就彻底放弃了波堕姆。但今天，整道门仿佛被翡翠绿色的油漆重新刷过，竹竿拉开门时，也没有发出以往的尖锐的"抱怨"声。

他走进去，还在奇怪这扇几乎崭新的门，接着他看见一座城堡。

这是一个金字塔型建筑，四周垒着高墙，四个角落有开阔的通向里面的路，正中间一个塔尖似的建筑高耸着，上面放着一个巨大的奖杯。德伦的每个年轻人都知道：这是全国总冠军奖杯。

竹竿热切地盯着它。

然后他注意到，场馆里一个人都没有。连雷吉都不在。他又皱起了眉。

"你为什么打球？"

竹竿跳了起来，把双肩包扔了。他转身看见巫兹纳德靠在门边的墙上，眼睛盯着石头城堡。

"是你建的吗？"竹竿问。

"某种程度上，是的。"他轻松地回答，"你的答案是？"

"我……嗯……喜欢打球。"竹竿顿了顿，"事实上，我爱它。"

"为什么？"巫兹纳德看向他问，"你队友对你总是很刻薄。父亲总责骂你，让你觉得渺小。你比赛前总睡不着。你很害怕。"

竹竿想问他是怎么知道这些事情的，但是想起巫兹纳德做过很多常理以外的事情。他试图思考，巫兹纳德说的都是事实。即使如此，竹竿还是很爱篮球。为什么？他爱的是什么？答案让他有点惊讶。

"我想，我喜欢自己身在一个集体的感觉，即使他们不希望有我。"

"你是这样想的吗？他们不希望你在这？"

"是的，"竹竿喃喃道，"从第一天来，我就有这种感觉。"

"你错过了多少比赛？"他问。

竹竿皱了皱眉："一场都没有。"

"训练呢？"

"也没有。"他说，不知道巫兹纳德想问什么。

巫兹纳德把有力的手搭在他的肩膀上，掌心粗糙而温柔。

"他们在这条路上,将会需要你的勇气,阿尔菲·泽兹。"他深沉地说。

"我没有太多勇气……"

"我觉得你有。"

竹竿听见了窸窣的声音,转头看见雷吉正在板凳席拉伸。他看向巫兹纳德,巫兹纳德却又看向城堡,像是陷入了沉思。想着他们的谈话可能结束了,竹竿慢慢地走过去,加入雷吉,他还在想着他的回答。对他来说,确实是这个集体最重要——他感受得到这是真实的答案——但他不知道为什么。

"因为你有很多可以奉献给团队。"一个声音说。

不知怎么,竹竿的喉咙哽住了,但他压了下去。

"嘿,兄弟,"雷吉说,"你和巫兹纳德聊什么呢?"

"大概聊的是篮球吧。"

雷吉笑了:"嗯……我也是。"

竹竿疑惑地看着城堡——神奇的斜坡、厚重的巨石。地板上没有一丝刮痕,没有任何工具,也没有任何搭建起来留下的痕迹。

"是啊,我也不知道这是怎么回事。"雷吉说,看着远处高耸的石头建筑。

"今天这个训练,可要费劲了。"

"那本书里也提到一个城堡。"雷吉指出。

"我记得。我只是不知道他会把城堡带过来。"

雷吉笑了,继续拉伸着关节和肌肉。

"昨晚,奶奶问我,训练怎么样了。"他说。

"然后呢?"

"我告诉她,有点奇怪。"

"这个词真是太低调了，"竹竿说，"她怎么说？"

"她说，只有面对不理解的事情，人们才会觉得奇怪。"

竹竿轻笑着拿出球鞋："听着像个睿智的女性。"

"她确实是，我想。可能有点乐观。"

"什么意思？"

雷吉犹豫了下，摇了摇头："没什么。"

"怎么了？"

雷吉又拉伸一下胳膊——竹竿知道他这个习惯。

"她觉得我可以打DBL联赛。说我有那个心气。"雷吉叹了口气，"可笑的是，我在狼獾队都不是首发。我告诉她我还在努力，但是不可能"

"谁说的？"

雷吉继续拉伸着："实话实说罢了。我们在波堕姆，想冲出去需要有额外的天赋，雨神那种天赋。一个板凳球员可别想去打DBL联赛了。"

他的声音说到最后有点嘶哑，然后他移开了视线。

"我觉得你有那个心气，雷吉，"竹竿说，"这点重要得多。"

雷吉看着他，看见他硕大而深邃的眼睛，就像玻璃一样。

"谢谢，竹竿。"雷吉嘶哑地说。

然后他跑去热身，比他平时的速度快得多。

竹竿也开始拉伸，看着队员们一个接一个到来。泡椒和拉布不是一起来的。当巫兹纳德开口说话时，每个球员都吓了一跳，然后和他简短地聊了几句，每个人都和巫兹纳德有个简短的聊天，然后都带着同样困惑的表情，走向板凳席，跟巫兹纳德问了竹竿之后，他的表情一样。所有人都到齐时，聚集在城堡前。

竹竿看着坡道，猜测着训练的内容。

"今天我们来练习集体防守。"巫兹纳德说。

他粗鲁地把包倒过来，从里边倒出一堆头盔和护具：5套红色的，5套蓝色的。他包里还有个东西在吱吱地响。

巫兹纳德合上包。"大家请一人拿一个吧。"他说，指着地上的设备，"紧紧地系上头盔。"

他没有说是首发对阵替补，所以竹竿就随机地找了个头盔和配套的护具。随后，他环顾着谁跟他是一个队的：泡椒、雨神、杰罗姆和壮翰，壮翰又鄙视地盯着他，可能还带着点怨恨。

"好极了，"竹竿心想，"我没注意到的时候，可能会被自己的队友扑倒。"

"游戏很简单，"巫兹纳德说，"一支队伍向城堡进攻，另一支防守。哪支队伍用最短的时间拿到奖杯，哪支球队就算获胜。输掉的一方跑圈，赢的一方练习投篮。"

毫不意外，雨神打头阵。他带领球队冲上最近的斜坡，竹竿在跑过去的路上伸手摸了一下墙壁：不是石头做的。有点像坚硬的橡胶，像他父亲放在车库里的那些垫子。他的防护垫把坡路堵得严丝合缝，想要钻过去是不可能的。堵住进攻队似乎并不难。

爬上坡之后，雨神让大家聚集起来，让每个人守护一个坡道，他自己当自由人。战术很简单，如果哪个人遭到两个人进攻，他就冲上去。

"如果他们换人，我对上了德文怎么办？"泡椒问。

竹竿也想到这件事情。事实上，越想越觉得不简单。虽然有5个防守人，只有4个坡道，进攻的时候可以选择从哪条路上。防守人怎么能抵抗他们两人一起，甚至三人一起冲呢？

"我们需要谈一下,"雨神说,"如果有人要过掉你,一定要大喊。明白了吗。"

大家都点了点头,但竹竿心里总感觉有什么不对。

"动起来,伙计们!"泡椒喊道。

现在改主意也太晚了。竹竿冲到一条坡道上,像吊起闸门一样举起护具,有点焦虑地等待着。他选择的坡道在后方,面对着板凳席,所以他看不见红队。在未知中等待让他心惊胆战。

如果德文来他这条路怎么办?他会被撞飞的。

"开始。"巫兹纳德说。

这句话像回声一样绕在竹竿四周,从地板和墙壁上弹回来,城堡里反复回荡着。然后场景发生了变化。

竹竿惊讶地后退一步,眼前的硬木地板全部下沉,构成一条绕城的沟渠。黑色、微咸的水冲上来,填满护城河。另一边的地板延伸成狭窄的桥,一路蔓延到竹竿的走道上来。城堡四周的墙壁变成真的石头,连他的T恤和短裤都变成闪耀着的蓝色装饰的盔甲。

"天啊"竹竿想,他紧张地挪动了一下,"千万别给壮翰一把剑啊。"

"进攻!"拉布的声音从看不见的某处传来。

很快,他发现有进攻者从他这边上来了……是雷吉和拉布。他们从木栈桥上一齐冲过来,盔甲靴子在木头上吱吱作响。

"快来帮忙啊!"竹竿喊道。

他差点被撞倒,他把腿叉得更开了,站得更稳,以抵御下一波攻击。雷吉推着拉布的后背,促使他向前冲,他们脚抵着脚,开始一起把竹竿往后推。他的脚开始在坡路上滑动。

他惊恐地回头看了一眼。几秒钟后，他们就会冲过去的。

然后竹竿感觉到后背传来一股推力，阻止他继续后滑。雨神来了。

他们一起推着，利用坡道的优势，把进攻者慢慢推了下去。雷吉突然松手，丢下拉布，退下桥，转身朝另一个坡道跑去。

"继续努力啊，竹竿！"雨神说着，跑走了。

竹竿腿部发力，推着拉布，试图把他从坡道推下去。

"放弃吧，竹竿！"拉布咬着牙说。

"你放弃吧！"

这并不是什么反驳，但平心而论，竹竿有心不在焉。

"你阻挡不了我，你这个火柴人。"拉布继续说着，推着他。

竹竿脸色涨红。他太讨厌这个外号了，比"竹竿"还讨厌。

"我……很……轻松……"

"你听起来累了。"

"没有。"竹竿答，试图让声音听着更稳定。

他准备好再使一次劲，但此时拉布突然转身退了下去，跑向另一个坡道。竹竿没收住劲猛地前扑，护具着地，像雪橇一样滑了下来。他闷哼了一声。

他防得很努力了。

"阿墙跑过去了！"壮翰喊道。

"拉布也是！"竹竿说，撑地站了起来。

"帮帮我！"雨神喊。

竹竿赶紧跑去那个坡道。但已经太晚了。

雨神和杰罗姆都躺在地上，有点晕，5个红队的人已经捧起奖杯。竹竿意识到发生了什么。他们都跑去攻击同一边，集中攻破了最弱的一环。雨神试图单独守护最后的坡道，但一个人对抗整个队肯定是没戏的。攻击者把优势用得淋漓尽致。

他们本应该发现这个弱点的。

"别担心，"雨神说，重新爬了起来，"我们能超过他们的记录。"

"1分47秒。"巫兹纳德说，他空洞的声音此刻被环境放大了，"蓝队，该你们进攻了。你们有两分钟准备时间。"

"来吧。"雨神含糊地说。

竹竿跟着垂头丧气的人穿过护城河。他看见水里有个绿色的东西在游动，急忙跑到对岸，做了记号，等他再过河时，就更注意自己的步伐。他听见什么东西在震颤，回头看了一眼大吃一惊停了下来。

这还真是一座货真价实的城堡。有石头、水泥和木头，上面有一面红旗，无风自动，看着特别像书里那个城堡的缩影，他们叫它格拉纳城堡。他幻想自己就是帕娜，漫步在满是碎石的沙滩上，第一次看见幻想中的东西成真。他发现自己一直都想看见这一切。

蓝队在板凳席周围搞成一团，再一次，雨神领导整个球队出谋划策，采取和红队一样的战术：他们也要在坡道上布置两个进攻者。竹竿无法反驳他的逻辑。他们是防不住的——防守的力量太分散了。显然，防守人意识到了这一点。他们到了城堡，一时间没看见任何人。竹竿看见二层有人头攒动。可能有更多人。

"他们在上面干什么？"他好奇着。

"开始。"巫兹纳德说。

"他们还没就位！"雨神说，"跟我走！"

蓝队列成一队，跟着雨神冲了上去。泡椒喊着冲锋的口号。跑近坡道后，竹竿开始觉得奇怪，为什么他们毫不设防。正想着，撞上了壮翰武装起来的后背。

"小心点！"壮翰喊道。

"对不起，"竹竿说，偷看着前面，"我们为什么……哦。"

他马上发现问题所在。德文站在最后一个坡道的入口，整个红队都在他身后站成排，一个抵着一个。竹竿发现这个战术的聪明之处了。红队只守护一个最重要的斜坡。

雨神不以为然："推！"

他们开始了进攻，列队向前，竹竿觉得靴子在石头上打滑。有种在推一面墙的感觉。红队占据着高位……德文挡住了所有人。想要穿过他们，简直不可能。

"再使点儿劲推！"雨神喊道。

痛苦的一分钟过去了。雨神不想承认他的失败。这很值得尊敬，但也很愚蠢。

对方的战术更好。

最终，德文和整个红队团结成一个整体一起向前，把他们都撞飞了。4个球员飞到竹竿身上。他惨叫着从人堆中爬起来。壮翰的屁股坐在他的胸膛上。

"时间到。"巫兹纳德说，"红队胜利。蓝队，跑圈。"

竹竿叹了口气，蓝队像手下败将一样艰难地沿着坡道退了下去。他摘下头盔，和其他人一样扔在一边，开始跑步。感觉至少跑了一小时，然后竹竿终于投进一个罚球，结束了这场痛苦。期间看见红队一直在投篮和打比赛，还算一丝安慰。

竹竿拿起水壶，喝了一口，一屁股坐在板凳席上。他的屁股像灌了铅一样，连动一下都难。巫兹纳德走了过来。

你知道那个计划是有瑕疵的。

竹竿看着他。他说得对，他怀疑过……

你不应该保持沉默，你有很多想法。

"没有人会听我的……"

因为他们知道，连你都不听自己的。去面对那片黑暗吧。

竹竿皱了皱眉，不是因为困惑。而是因为他感受到了。内心一个冰冷的角落。

路，就要来了。

巫兹纳德走向城堡，从一块石头上拔出一个圆形物体。看着像一个盖子。随着他的动作，整个建筑开始轰然收缩。竹竿不可置信地看着整个城堡缩成一个小的橡胶球。巫兹纳德捡起它，丢进了包里，然后回到队伍中，眨了眨眼。

"防守球员必须时刻做到哪一点？"巫兹纳德问。

"时刻做好准备。"雷吉说。

"其他球员也是一样。如果没做好准备，我们就是在浪费时间。"

说着，他走向大门，再没看过他们一眼。

"今天训练结束了吗？"泡椒问。

"取决于你。"

门突然打开了，巫兹纳德消失在晨曦中。阳光瞬间透过门照进来，随后被关上的门挡在外面。竹竿感觉到手臂上有一种熟悉的、不舒服的寒意。

他抬头，惊呆了。魔球回来了。它像一个小型黑洞一样，在场地正中间飘浮着。竹竿没有移开视线。像一个真的黑洞，好像能把他吸进去一样。

竹竿动起来了，跑向魔球，用百米冲刺的速度。他刚要抓住它，魔球就飞了出去，整个球队也加入追逐。又一次，人仰马翻，大家笑着，叫着。雨神摔到地上，泡椒和拉布也是，壮翰被他们绊倒了。这个魔球太狡猾了。最终它飞进一面墙里，消失了。

"还想打分组对抗吗？"泡椒问。

"不打了，"雨神不耐烦地说，"我们走吧。"

没人跟他争执。竹竿坐下来，脱着鞋，在奇怪酸味下皱着鼻子。母亲打算再给他包里喷薰衣草。他在心里默念着，明天要尽可能远离壮翰，他对薰衣草味异常敏感。

竹竿叹了口气，把鞋收起来，掏出手机，给母亲发了个短信，让她来接。

"浪费时间？"雷吉大声地质问，"为什么？"

竹竿看过去，皱起眉头。雷吉从来不大声说话的。

"因为雨神他输了。"阿墙说。

"我不在乎！"雨神喊着，"那游戏跟打篮球有什么关系？"

"非常有关系。"雷吉说，"它教人如何正确防守，如何作为一个集体防守。"

雨神叉开了腿，说："那游戏太蠢了。拦住球才叫好防守。得分才能赢球。靠我得分才能赢球。如果我不训练投篮，我们根本摸不着胜利。今年对我来说非常重要。"

"你应该说，对我们非常重要。"拉布说，语气有点受伤。

"没错。"雨神说，"雨神·亚当斯，和他的西波堕姆狼獾队。"

他冲出去，甩上了门，其他队员陷入了沉寂。竹竿惊呆了。雨神从来不会这样丧失镇定的。竹竿看着雷吉，确保他没事，但雷吉只是摇头。竹竿又看向大门。为什么雨神会因为一次训练而这么沮丧呢？

队员开始离开了，雷吉走向竹竿，伸出了拳头。

"明天见，竹竿。"他说。

竹竿笑着跟他对了下拳。从没有人跟他对过拳。

"好的，"他说，"谢谢你。"

"我猜希望不是靠心性来的。"雷吉说。竹竿耸了耸肩："可能是吧。我觉得需要的不只是希望吧。"雷吉看了他一会儿，笑着走向大门。"智者竹竿。"

杰罗姆和壮翰是最后走的。他们走向出口的时候，壮翰突然掉头，让杰罗姆先走。竹竿听见心跳加速的声音。他从来没和壮翰单独相处过。他抓起双肩包，走向了大门。

当壮翰走向他的时候，他已经走了半程。

"还盼着当首发呢？"他说。

竹竿愣住了。他应该跑吗？不。那是以前的竹竿。他转向壮翰："我不知道。"壮翰走向他，眼睛眯了起来："你觉得自己配得上吗？抢走我的首发？在这里？波堕姆？"

"我不知道。"

壮翰在他面前停下，从上到下打量着他。

"这就是你的问题，"他说，"你什么都不知道。"

"你怎么总找我的麻烦？"竹竿问，"你应该知道，首发与否，

第五章 赢球的策略 | CHAPTER FIVE: A WINNING STRATEGY

不是我决定的。"

"因为你不属于这里。你不是真正的波堕姆的人。"

竹竿从昨天开始已经在脑海中模拟了无数次这个对话。他想要跟他聊聊。想让壮翰知道，他只是来打篮球的，跟他一样。"我也住在波堕姆……"竹竿开口了。

"富人区。"壮翰打断了他，"富有的地方，公子哥住的地方。你还要来这里抢走更多的东西。你知道我住哪吗，竹竿？我住在真正的波堕姆。"

壮翰站得更近了，竹竿甚至能感觉到他的呼吸吐在他脸上。"我什么都没有。什么都没有。只有篮球能带我冲出去，却被你抢走了。"

"我是来打球的，"竹竿说，"我什么也没想抢走。"

"但你就是抢走了。在你证明你值得那个位置之前，你就是不配。"

"我会证明的。"竹竿冷静地说，看向壮翰的眼睛。

壮翰仿佛在思考。他张开嘴，又合上了，然后轻哼了一声。

"走着瞧。你去长点肉吧，兄弟。一个竹竿什么也干不了。"门在他身后合上了，但那些字句都留下了。竹竿突然觉得累了。他的勇气仿佛像一个遥远的梦，让他在面对壮翰的时候忍住不后退，已经用尽了他所有的力气。

"我以为我变得更强壮了，"他闷闷地想，"我没有。我只是在假装。"

他走向大门。他的父亲以后也会提醒他一样的事情。

一直都是这样。

突然，门往上移了一下，竹竿够不到了。门此时倾斜起来，化成无数的浅槽。整个体育馆突然倾斜起来,竹竿尖叫出声,发现整个人在往下滑。场馆就像被巨人拎起来,翻了过来。他抓住两个门把手,挂在那里。

地板变成了悬崖。

"帮帮我!"他喊道,"有人吗,帮帮我!壮翰!巫兹纳德!"

没有人回答。竹竿吊在地板边上,看着门。门依然挺立着,好像停在悬崖边上。他回头看了一眼,脚下的地板已经化成百丈深渊,下边是坚硬的砖地。他的眼睛涌满了泪水,眼泪淌下来,喉咙被堵住了。

"求求你了!"他尖叫着,"有人吗?"

他绝望地吊在那,度秒如年,手指开始酸痛。

"有人吗?"他哭喊。他知道自己坚持不了多久。不会有人来了,他就要掉下去了。他用额头抵着木地板。他必须把自己拽上去。他必须试一试。他荡着脚,随后感觉到脚尖踩到凹槽。他开始往上爬。

凹槽分布得分散,并且很浅。他必须在每一次攀爬都用尽全身的力气。他的肌肉开始僵硬,手指酸痛,但他没有别的选择,只能继续。他继续爬着。当他终于爬上去,摸到门,体育馆又渐渐回复了原样。他发现自己正趴在地板上。他的整个身体都磨破了,筋疲力尽。

我们的每一天都在攀登。怎么能软弱?

竹竿躺在那,脸贴着地板,全身都是汗水和眼泪,动一动手指头的力气都没有,但他笑了。这是人生第一次,他觉得自己很强壮。

◇ 6 ◇

要说的话

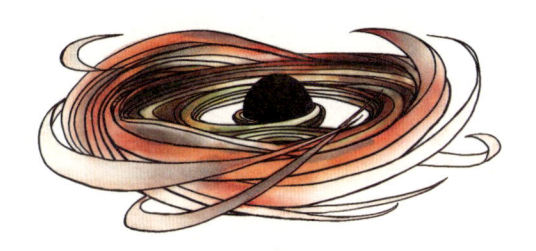

再大声的呐喊，

也无法震倒一棵树。

◆ 巫兹纳德箴言 ◆

第六章 要说的话 | CHAPTER SIX: SOMETHING TO SAY

竹竿盯着更衣室的镜子——镜中的自己此刻破碎而布满锈渍。他的面容一如既往地蜡黄且憔悴。脸颊上布满了青春痘。他手指抚摸着青春痘，思考着。

昨晚离开体育馆时，他感觉内心非常强大，但这份心情并没持续多久。父亲让他又走了一遍"荣誉堂"——一个摆满了奖状、勋章和奖牌的地下室。父亲曾是一位荣誉满载的篮球手，但仅此而已。教练太差，队友太弱，所有人都有责任，除了他自己。

他手指摸到那个青春痘，指甲准备好了。他很想挤爆它，想甩掉的不仅仅是这颗青春痘，还有些别的什么。他想盯着镜子里的自己尖叫说："我能控制住自己。"他试图用意志力抵抗诱惑。但这就是他的弱点，他还是伸出了手。

此时镜子浮现出一句话，他停了下来，这次是银色的水笔写的。

> *Self control begins with small difficult steps*

自我控制是从艰难的每一小步开始的。

竹竿看着这句话,放下了手,接着他点点头,走了出去。

他惊讶地发现,雨神已经坐在远处的板凳席上了。他坐在更远的一端,看着雨神把鞋拿了出来。雨神有一瞬间盯着包里的某样东西,表情渐渐变得……悲伤,甚至有点内疚。竹竿好奇他到底看到了什么。

"今天感觉怎么样?"竹竿开口。

雨神转向他,挑了挑眉:"还行。你呢?"

"紧张吧,我猜。不知道该期待什么。"

雨神笑了:"是啊……太疯狂了。不过你什么时候开始说话了。"

"我一直都说话啊。"竹竿,"只是没人愿意听罢了。"

雨神好像真的在认真思考这句话:"你为什么不像其他队友那样躲着我?"

竹竿站起来开始拉伸,环视其他人。"我不觉得他们在躲你。你昨天生气了。没什么大事儿。谁都会有生气的时候。我也……嗯……经常生气。"

"我昨天可说了,我等于整支球队。"

竹竿捡起球:"谁能责怪你呢?谁让大家都这么说。"

竹竿走向球场,试探性地在胯下运了运球。比赛中他持球时间不算长——每次想要持球都会被弗雷迪骂。别投三分！别控球！

他的任务就是卡位抢篮板。这活儿总有些……被压制的感觉。

他尝试投了个三分球，进了。他情不自禁笑了。

"看啊，弗雷迪。"他喃喃自语。

"大家都过来。"一个低沉的声音响起，"把球放在一边。"

竹竿看向时钟。9点整了。巫兹纳德准时出现。

竹竿和雨神加入大家，他感觉到很多不友善的视线投向雨神。他突然想为雨神辩护，雨神没有他们想的那么差劲。确实，他有点自大，但竹竿还羡慕他这点呢。他甚至开始想，他们说不定能成为朋友，鉴于雨神现在也没有太多优质选项。他发现自己站得离雨神更近了，以示支持。

"今天我们来练习进攻，"巫兹纳德说，"我们先从传球开始，传球是一切进攻的基础。伟大的传球手，都具备怎样的素质？"

竹竿答不上来。他觉得自己是个不错的传球手，但不知道为什么。他只是看到哪里需要球，就把球送过去，从来没想过为什么。就像他不爱投篮，然后挨骂一样——他是那种传球第一的球员。

"视野。"泡椒说。

"非常好。伟大的传球手需要动作迅速，反应敏捷，想法大胆。但最重要的，他们必须有好的视野。能看清当下发生的事，并预测接下来要发生的事，在场上他们必须要清楚所有的情况。"

拉布一脸困惑："所以说……，我们要练习怎么看到更多东西……？"

"没错,"巫兹纳德回道,"最好的训练方法,就是让自己什么都看不见。"

场馆突然黑了。不是天色暗了的那种,也不是当街灯点亮,月光让竹竿家周围镀上一层暗沉的灰色的那种。一片漆黑,仿佛从未有过光,也再不会有,百分百的,漆黑,甚至有点沉重。竹竿突然感觉脖子有点刺痛的,他警惕地回了头。

黑暗之中,我们只剩下恐惧。

竹竿瑟缩了一下,他想道:"我从没见过这般的漆黑。"

那就从这里开始吧。

竹竿试着冷静下来。他听得见呼吸声,人们的小动作和窃窃私语声。大家开始争吵和恐慌了。他们还在场馆里,一切都没有变化。但他很紧张,他感觉好像有人从脚底爬上来,时刻准备攻击他一样。他每一块肌肉都紧绷着。

如果你在黑暗中有这样的感觉,在有光线时,也是一样的。这份感觉一直在你身体里。

突然,黑暗减弱了,被远处一个橘色、闪烁着的物体打断了。竹竿发现自己站在一条幽暗的走廊里。走廊的墙面是粗糙的水泥和拱形的石头组成的,墙上嵌着无数钢制的黑门。橘色的光发自走廊的尽头。照着竹竿身后和两侧,他环顾四周,没有找到光源。他转过身来心,怦怦直跳。

"巫兹纳德教授?"他喊了一声。

他的回声从前后传回来。两条路都清晰可见,幽长不知尽头的走廊和数不清的门。所有的门都没有标志,但都如夜晚般漆黑,每一扇上都有一个黑檀木做的把手。竹竿选定一个方向,开始慢走,接着变成奔跑,最后开始冲刺,直到汗滴了下来。

他停下来,弯腰喘着粗气。

"风险是会让人恐惧的。"一个低沉的声音说。

他抬起头,巫兹纳德站在身前,头几乎到了天花板。

"这是哪?"竹竿问。

"有这么多门,你为什么一间都不尝试开一下?"

竹竿站起身,手按着一侧有点抽筋的肌肉:"我不知道门后有什么。"

"没错。我们害怕未知,去躲避未知。我们被恐惧限制了无数的可能性,接着迎来孤独,迎来心碎。世界变得残酷。"

竹竿皱了皱眉,看向最近的一扇门,毫无标识。他有种不祥的预感。

"来吧,"巫兹纳德说,"再放只老虎出来。"

竹竿一鼓作气推开门走了进去。他瞬间闻到了那股熟悉的酸臭,听见队友互相推搡的声音,远处,巫兹纳德低沉的声音正在解释今天的训练。

不要提前假设所有的黑暗都意味着危险。

竹竿思考了一会儿。想到了壮翰的欺凌、父亲的训导。想到了烦人的青春痘,想到自己挤爆了它们。他一直都等待着坏事发生。

从某种程度上说,他一直都在黑暗中。他又如何才能走出来呢?

打开更多的门。

"直到其中一方获胜,"巫兹纳德说,"败方跑圈。"

"你还真是喜欢让我们跑圈。"壮翰抱怨道。

"永远不要低估汗水的价值。汗水能让人脱胎换骨。"

竹竿把这句话听了进去。他一直在思考,这两天里那些消失的汗水,还有他看到的那颗跳动的银色心脏。费尔伍德在收集他们的汗水吗?如果是的话,真恶心。当然更重要的是……为什么?

"首发球员对阵去年的替补球员,"巫兹纳德说,"首发先来,去找球吧。"

这还真是个挑战。竹竿手放在胸前,像个僵尸一样地摸索,每次摸到板凳、墙,或者另一个球员就转个方向。最终,他踢到一个东西,在空中弹起 1 英尺(0.3 米)高,接着听到球弹走的声音。

"找到了!我刚刚踢到了!"他说道。

"我去追!"拉布喊道,伴随着兴奋的声音,"拿到了!"

"各就各位。"巫兹纳德宣布,"在篮网下站好。"

又花了几分钟。竹竿听见防守球员在中场就位。所有人都在嘟囔抱怨着,都在一片漆黑中迷失着方向。他突然感觉到,这场比赛将是个灾难了。他觉得身边有人,伸手摸到一个肩膀。

"谁在摸我,"阿墙喊道,"走开,妖魔鬼怪!"

竹竿差点就道歉了,接着凑近了他:"咚!"

"啊!"阿墙叫出了声,竹竿不得不吞下了尖叫。

"好,我要来了!"泡椒移动中说着,但竹竿不知道他在哪。

确实是个灾难。他们队不仅丢了球,竹竿还撞上一个异常宽阔的胸膛,摔了个屁墩。这是他三天里的第二个屁墩了。尾骨传来尖锐的疼痛，上次的疼还没好呢。他打了个滚，呻吟着。

"抱歉。"是德文。

"没事。"竹竿喘着气，慢慢爬起来。

"两队换边。"巫兹纳德说。

替补队带球都没过半场。

"嗯……"巫兹纳德说，"帮你们驱散一点黑暗吧。"

突然间，出现一个深红色的球体，漂浮在6英尺（约1.82米）高的空中——或许是放在板凳席上。有人上前捡起它，那束光在黑暗中跳动着。

光确实有帮助。竹竿在球传给它的第一瞬间就接到了，他把球传给拉布。但当他们带球过了半场之后，问题又来了。太难找到队友了，他接着把球传到洋洋得意的杰罗姆手上。他知道球丢了也是因为杰罗姆高喊了一声，"抢断了"！

"两队换边。"巫兹纳德说。

无论哪个球队，都无法攻破防守。竹竿已经摔了三次了，但他渐渐掌握窍门。他其他的感官变得更敏锐了，他发现自己能感觉到每一个队友各自的声音和呼吸。每个人的音调都不一样：混杂着短促而尖利叫声，怒气冲冲和气喘吁吁。就像世界上最不和谐的交响乐一样。

终于，泡椒成功地在高位接到球，稳稳命中。场馆的光瞬间恢复正常，竹竿被晃得只能眯上眼睛。

"首发球员获胜，"巫兹纳德宣布，"休息休息，喝点水。"

"干得漂亮，兄弟！"泡椒说。

他走过来，意料之外地给了竹竿一个击掌。

"谢谢。"竹竿红着脸说。

雨神已经走向远处的板凳。竹竿感觉得到，他很孤独。竹竿太了解这种感觉了。他走过去和他坐在一起，拿起一瓶水，一口气喝光。

"太疯狂了。"他说，擦了擦下巴。

"没错，"雨神回道，"但是和那只老虎比，今天这堂训练课根本不算什么。"

"的确。"

"失败的一方，等到训练结束前跑圈。胜利的一方可以选择是否加入，一起跑圈。"

他看向板凳席上的首发队。他知道巫兹纳德的企图：给首发队一个展示体育风格和加深团队意识的机会，尤其是雨神。但从雨神阴沉的表情看来，他显然是不想要这个机会。

"很明显，在进攻一端，大家必须学会如何听声音。"巫兹纳德继续说道，"还有没有其他需要注意的？"

"得分？"雨神说。

"没错，最终是得分，"巫兹纳德赞同道，"但我问的是更基础的东西。"

竹竿想到了这次训练的目的："交流？"

"没错。大家在防守时有交流，但进攻时却忘了。竹竿，请过来一下。"

竹竿心沉了下去。他为什么非得开口说话呢？他放下水壶，不情愿地走到巫兹纳德身边，感觉全队的视线都在他身上，包括壮翰的凝视。

"我想让你和球队说一件事，一件你想和大家说的事，要实话实说。"

竹竿抬头看了看巫兹纳德。他从来没在训练时被推到这个位置。"哪方面的事？"

"任何事。如果你们之间不能坦诚相见，就没办法成为一支球队。"

竹竿咬着嘴唇，转开脸。他当然有太多话想对球队说。

他想说他不是靠走后门进的球队；想说他每天因为要来球队紧张得睡不着觉；想说上个赛季，每天走进费尔伍德都觉得肚子里有糨糊，随时都能吐出来；想说他真的尽力了，但他不能说，不能对他们说。

"嗯……那个……我没什么事好说的。"

勇气是需要脆弱衬托的。打开一扇门。

"你有，"巫兹纳德鼓励他，"我肯定有很多事要说，挑一件说吧。"

"但是……"竹竿依然惴惴不安。

拥抱脆弱吧。

竹竿深吸一口气，决定想到什么说什么。

"好吧……那个……我一直都很努力，"他说着，努力不去挠胳膊，"你知道，在休赛期，我非常想变得更好。我知道，也许大家不希望这赛季我回到队伍里，但我非常想帮助球队。我想，希望大家能够了解这一点。"

他冲回板凳席，避开所有人的目光交汇。他确定肯定会有人笑，或者想嘲笑他，尤其是壮翰，但没人说话。场馆一片安静。

"杰罗姆，到你了。"巫兹纳德点名。

杰罗姆溜达到前面，转向队伍："我希望能守住首发的位置。"

很多人说的都有这个共性——和比赛相关——但也有人发言直指竹竿。

壮翰说："我会拿到首发的位置，击败所有人。"

说话间，他死死地盯着竹竿的位置。

阿墙许下一个承诺："这赛季我会尽量减少被罚下场。"

但雷吉的话是最打动竹竿的："我希望能让一些人骄傲。有些人已经不在了，但也许会看我打球吧。我练球非常努力，虽然打得不多，说来可能有点傻，但是，嗯，我想打球为生。"他不安地动了动，脸红了。"可能是白日梦吧，但这就是我想要的。"

竹竿在他走回板凳席的路上对他微笑着。

雨神是最后一个说的。他走上前，跟全队道了歉。在球队里一阵有些激烈的讨论后，大家都释怀了。他几乎立刻融入了球队，他跟泡椒对了下拳，竹竿转眼又被忘在外围了，他苦笑了下。他还以为自己跟雨神有点成朋友了呢，哪怕只有一天也好。显然，没持续那么久。

"大家来打分组对抗赛吧，一小时。"巫兹纳德说。

"不开玩笑？"泡椒怀疑地问道。

"锻炼视野。雨神、维恩、拉布、阿墙、德文，你们5个一组，打其他人。"

这是个奇怪的组队方式，这意味着竹竿将和壮翰成为队友，和雨神成为对手。更糟糕的是，他对位的是德文。每次抢篮板他都会被打爆的。

竹竿心想，也许这就是新的首发阵容吧，也许他已经和他以为的一样，被挤出首发了，甚至在被开除的边缘也说不准。他看

第六章 要说的话 | CHAPTER SIX: SOMETHING TO SAY

向巫兹纳德，但教授正看向场内。

竹竿想象着父亲的反应，打了个冷战。

"你就是肌肉太弱！"他一定会吼叫的，"我去给你做个健身奶昔。"

他甚至都尝到嘴唇上蛋白粉的味道了。

"人类很容易分散注意力。如果关注某一个演员，就会忽视其他人。"巫兹纳德手里拿着球说道，"荷官发牌时，我们只会关注一张牌。我们关注篮球，却忽视了比赛。"

竹竿看向德文，内心叹了口气。一会儿得遭罪了。

"人类能看见很多东西，但我们选择不去看那么多东西。"巫兹纳德笑了，"这种选择的确非常诡异，很难理解。"

话音刚落，场馆恢复了黑暗，竹竿又看不见了。不，不是看不见了，是有东西挡住他大部分视线，四周还是亮的。仿佛有人用手指遮住他的眼睛一样，他只能选择看到一边，或是另一边。他听见队友此起彼伏的呼声，看着他们揉着自己的眼睛，转着圈。就好像那些转圈要绕晕自己的小孩子一样。竹竿试图保持冷静。这是个测试，转圈肯定没有帮助。

他能看见视线里的两条缝隙。他要好好利用这一点。

你已经在掌控自己的恐惧了，但什么时候你能面对自己最深的恐惧？

竹竿再一次感觉到寒冷，感觉到黑暗。

"准备好了吗？"巫兹纳德问道。

"我看不见自己的鼻子了。"阿墙说。

"你担心的是这个？"维恩嘟囔着。

竹竿接到巫兹纳德丢来的橘色光球。他跳起来去接，挥了挥手，什么也没有碰到。他失去平衡，以一个怪异的姿势倒在地上，他听到球弹在脚上的声音，再次试图伸手够球，却打到德文的腿。德文一声闷哼。

"拜托别打我。"竹竿说话间，试图站起来。

他转过身，试图用余光定位球，却只看到维恩把球捞起来。竹竿意识到必须马上回到防守端。他慢慢地走到球场另一端，不停通过转头试图定位。他看到德文试图去篮板下卡位，于是跟在他的身后。奇怪的是，竹竿更多的是关注他周围的球员，而不是定位自己。终于，他跟上德文，把手放在他背后，以确保不跟丢他。

"这样可以吗？"他开口问道。

"没事，"德文说，"我觉得你甚至都不用问。"

"不想显得没礼貌。"

突然一声喊叫，竹竿回头看去，只见雨神带球向他冲过来。竹竿马上站定位置，准备挡下他的进攻，而雨神却做出意料之外的举动：他传球了。球到了底角拉布的手里，拉布起身，进了个空心三分球。

竹竿回过身，寻找着篮球。

"让我们还击一个！"泡椒说，"竹竿，你在哪呢？把球给我！"

竹竿找到篮球，在底线外扔向队友。他尽快跑回球场，试图找到空位。每个人都吼叫着指令。逐渐地，每个人的位置渐渐成了一幅清晰的画面。

就像拼图一样：

第六章 要说的话 | CHAPTER SIX: SOMETHING TO SAY

"杰罗姆在往左跑。"

"我在弧顶！"

"雨神去空切。"

每个细节都在竹竿的脑海里成形，渐渐拼凑出完整的拼图。一幅他用残缺的视线拼凑出的拼图。他慢了下来，准备发动攻击，他跟着拼图动着。

当球最终传到竹竿手里时，他知道雷吉就在底角，是雨神逼他去的。他知道泡椒准备空切，壮翰正试图寻找空位，把球传给他。

每个人都比平时移动得更慢了——他们不得不这样。竹竿把球传给雷吉，跑到禁区另一侧，继续倾听着更多线索。

他以前从未如此关注过球场上的一举一动——当他看得见的时候，好像关注也没必要。但现在不一样，每个人想做什么都会说出来。他们喊出了战术。麻烦也可以被预见。

球重新回来了。壮翰缓慢地移动到禁区顶端，试图做挡拆。对战进行得太慢了，而竹竿在平时比赛总觉得自己慢半拍。所有动作都呼啸而去，他永远喘着粗气，在一片混乱中无能为力。

现在不一样。他要做的就是停下来，思考。

接下来的选择就简单了。他在侧翼为杰罗姆做了个挡拆。杰罗姆随后空切跑到篮下。泡椒甩开防守人，把球送到杰罗姆手上，后者轻松上篮得分。

"就这么干，伙伴们！"杰罗姆喊道，"挡拆漂亮，竹竿！就要这个感觉！"

竹竿皱了皱眉。以前弗雷迪总跟他说，去篮下准备抢篮板就好。但现在看来，这并不合理。他必须参与比赛的运转。他应该预测局势。

接下来的分组对抗赛都是这样进行的。每个人都要确认他们要去的位置,反复确认。

竹竿在靠直觉行事:他知道壮翰会去做挡拆,杰罗姆会运球,因此他可以空切下去等待传球。拿到球以后,他不再第一时间试图甩掉它。他会权衡场上的选项,无论他看到的还是听到的。他记住了队友此刻都跑在哪里。

比赛是全方位的,在这之前,他只兼顾了一半。

一度他找准机会转身上了个空篮……他视线里的阻挡不见了。他的视野一片清明。再次获得空位的时候,他的视野变得更清晰,他再次轻松得分。但如果是有对抗的出手,不好机会下的投篮,视线里的阻挡依然还在。

他们打到每个人都被汗水湿透了。竹竿已经失去时间观念,他不在乎。

这一次,他觉得自己正在一支真正的球队里打球。

"拿上水壶,"巫兹纳德说,"跟我到中场去。"

竹竿的视线恢复了正常,他止不住地微笑着。他之前一直以为,篮球就是身体对抗,是看强壮和天赋的游戏。但他现在觉得,理解场上形势比他想得要重要得多。这其实是个他从没意识到的心理棋局。

巫兹纳德说过,他们要让时间慢下来。这像是个毫无意义的老生常谈。现在竹竿可能不这么想了。

"谁赢了?"大家聚集间,泡椒问道,"我有点儿记不清了。"

"谁也没赢",巫兹纳德说,"但是每个人都赢了。你们平时是这么打球的吗?"

第六章 要说的话 | CHAPTER SIX: SOMETHING TO SAY

"当然不是,"拉布接道,"我们平时都跟慢动作似的。"

"速度是相对的。对于速度最快的人来说,其他人的动作都是慢动作。还有其他的吗?"

"我们……我们在场上交流很多,是最多的一次。"竹竿说。

"包括我自己。"他突然意识到。他全程一直在说话,甚至自己都不自知,以前的比赛他几乎从来不说话。但在这次训练中,他不得不说。

巫兹纳德点点头:"没错。还有吗?"

"我们在进攻中积极跑位,"泡椒说,摸了摸他还有点稚嫩的胡子,"罚球线附近传球很多。空切之类的也很多。"

"如果一个人无法看清自己的线路,传球就是自然选择"巫兹纳德同意,"还有其他的吗?"

"我们需要思考队友所在的位置……应该在的位置。"雨神说,"需要对比赛进行预测。"

"没错。大家需要看到的,不只是眼睛看到的东西。现在该跑圈了。"

替补队员站起身来,绕着场馆跑起来,竹竿不由自主地看向雨神,他会不会借此机会加深团队意识,跟着一起跑呢……但他没有。

他还真是个懦夫。

幸好,雷吉在5圈之后投中罚篮。跑步结束了。

巫兹纳德从包里又掏出那盆雏菊,放在地上。

"不是吧,又来了。"泡椒嘟囔着。

"还会有很多次,"巫兹纳德回应,"如果想要赢球,就必须把时间放慢。"

说完他突然走向大门,手里攥着包。

"今晚带这盆花回家,泡椒。好好照顾它,别忘了浇水。"

泡椒一脸惊恐地看着花,仿佛它会在睡觉时吃了自己一样。巫兹纳德向门走去,大门突然敞开,冷冽如高山顶般的寒风灌进场馆,还有咸味,竹竿意识到,他能从嘴唇上尝到它的味道。随即跟雷吉交换了个心照不宣的眼神。

闻起来像海边高山上的味道,也就是巫兹纳德要去的地方。

他的家。

"这花你想让我们看多久?"雨神问。

"直到你们看到新东西为止。"巫兹纳德头也不回地说道。

门猛地关上了。风逐渐退去,竹竿也随着打了一个冷战。其他人又开始了热烈的讨论,竹竿和雷吉在花前扑通坐下。

"我可能永远都适应不了这个。"雷吉嘟囔着。

"你觉得,他是去……那里吗?"竹竿小声问。

"如果真是,我想跟他一起去。"

竹竿笑了:"我也是。"

泡椒的声音打断了他们的谈话:"你还好吧?"

竹竿回头看去,壮翰已经走向出口了。他转过身回道,声音带了一丝嘲弄。

"泡椒,我告诉你,我不好。我们生活的地方叫波堕姆。这地方的事情都不太好。你想和那个怪胎相处,和他一起训练,随便你去。但这么干,在波堕姆活不下来。别忘了你人在哪儿。"

壮翰死死盯着竹竿,嘴角是一抹嘲笑。

"有这时间我不如省下来去工作。"

说完他狠狠甩上了门,场馆一片死寂。竹竿觉得胃里一片

第六章 要说的话 | CHAPTER SIX: SOMETHING TO SAY

翻腾。

接着大家渐渐都走开了。

雨神、维恩、拉布、杰罗姆、阿墙和泡椒拿球开始了投篮。平时的话，竹竿会加入他们。但这次不是，竹竿终于明白花的含义了。

他一直错过一些细节。花瓣蜷缩起来，垂到尖端的方式。从中心鲜明的色彩，弥漫出一缕黄色。

当竹竿没能慢下来，没有仔细记录花的每个细节的时候，他错过了更大的画面。

所以他跟雷吉一起坐下，德文也没有动。他们3个人陷入一个自然舒适的静默。竹竿能听到运球，球弹筐而出的声音和人们的笑声喊叫声。但他让所有的声音成为混杂在一起的背景音。当然，他没有看到花的生长，但这并不重要。雏菊吸引了他的注意力。

现在，根开始发散了。

竹竿看得完全忘记了时间，这时他的眼睛里闪过一丝动静。抬头看，那个魔球回来了。正盘旋在德文的头顶上。体育馆此刻一片寂静。

德文坐着纹丝不动——甚至没有抬眼看。

竹竿想开口提醒，却怕吓走魔球。接着，突然一瞬间，德文伸手抓住了魔球，黑色的光像沥青一样从他指缝渗出来，他笑了。

接着德文消失了。竹竿惊呆了，他环顾四周，场馆爆发出大声的讨论。

"我早就说过会这样。"拉布嘶吼着。

"报警吧。"有人建议着。

竹竿呆呆地坐着，盯着那个如今的空位。

雷吉靠过来："你也看见了吧？"

"是的。"

"我该怎么跟警察说。"维恩念叨着，"我队友无缘无故消失了？"

众人讨论着走向板凳席，竹竿和雷吉没有动。

"你觉得他也去了那个岛吗？"雷吉问。

"可能吧，"竹竿不太确定，"但那东西似乎不是个好事……其实我不觉得会去岛上。"

"希望他没事吧。"

"是啊。"

砰的一声，德文又出现了，笔直地站在场地正中央。他眼神清明，安然无恙。他抓起包，甩到肩膀上，一句话没说，走了出去。

所有人都看到了他，却震惊到来不及问他问题，也跟着他陆续走出了门，他们窃窃私语，神情沉重。

泡椒赶忙跑过来捞起地上的雏菊，皱了皱眉，走了。

"又是一个有趣的训练营日。"他回头喊道。

场馆只剩下竹竿和雷吉了，他们站了起来。

"真够奇怪的。"雷吉最后开口。

"是啊。"

雷吉停顿了一下："如果那个魔球明天又回来，你会试着抓住它吗？"

竹竿甚至没有犹豫："会。"

雷吉笑了："我也是。"

他们在板凳席上坐下，开始换鞋。他们盯着老旧的硬木地板和空旷的场馆。

竹竿突然意识到，这场馆从没有人锁过门。他不禁想，这里整晚开着吗？

"能问你个问题吗？"雷吉说。

雷吉随后沉默了一下，最终转过头开口。

"那天我问你脸颊伤疤的事，你生气了吗？"

竹竿觉得脸颊烧了起来："不……当然没有。"

"我晚上回想起来很内疚。我不应该问你那么私密的问题……"

"我不该那么尖锐地打断你，"竹竿打断了他，"只是……有点难开口。"

"我只想知道你没事。"

竹竿把双手交叉放在腿上，思考着。除了父母，没人知道他挤痘痘的坏习惯。母亲曾试图跟他聊这件事，但父亲完全不理解。他说真正的男子汉不该去在乎些青春痘。只是跟他说，别再挤了。"坚强点。"不知怎么的，这条建议从来没有任何帮助。但雷吉跟竹竿分享过秘密，这意味着他信任他。

也许他应该回报这份信任。

"我……嗯……是我自己干的。"竹竿喃喃道。

"哦，"雷吉显然很惊讶，"可是，为什么……什么时候？"

竹竿深吸一口气。好问题，他也总问自己这些问题。

"我也不知道什么时候开始的，"他说，"就这么发生了。我会挤爆痘痘，再把它们抠下去。我知道这样不好，但还是忍不住。

不知怎么的，这么做会让我心里舒服点。"

"所以才有了这些疤痕？"

"是的。"竹竿尴尬地转过脸，"我也不知道为什么⋯⋯可能是种病吧。"

"跟你爸爸妈妈说过吗？"

"有一天被他们发现了。父亲只是说，男子汉别做这样的事。"

"我在比赛时看见过他，"雷吉小心措着辞，"他看着有点，紧张。"

竹竿用鼻子哼出声。"这都是好听的。他希望我打得更好，更强壮。"

雷吉点了点头，低头看着手。双手不自然地放在腿上。

"我父母去世的时候，我也有过一些问题。嗯⋯⋯其实现在也有。我总失眠。晚上没法放松。我也经常生病。我觉得这赖自己。我总是想起他们，然后难过起来，结果肠胃因此不好。我总会呕吐。"

"为什么要让自己那么想？"竹竿问。

"想感受那份疼痛吧⋯⋯想让自己难受⋯⋯也许想让身体和内心一样糟糕吧。"

他叹了口气，看向竹竿。

"可能我俩都觉得，自己应该遭点罪。"

竹竿伸出手摸着脸颊，感受着那些青春痘、那些伤疤。

"你不应该遭这份罪的。"他说。

"你也是，"雷吉说，"也许时不时我们可以互相提醒对方这一点。"

竹竿突然觉得肩膀轻松了一点，他甚至不知道那份重量的存在："好。"他们对了下拳，竹竿笑着穿上鞋。他想起父亲、壮翰和所有喊他软弱的人。他想起他内心也有这样一个声音，喊着同样的话，告诉他，自己永远强壮不起来。这个声音是最糟糕的。

也许他已经听了太久了。

7
暗房

永远不要让别人定义你是谁。

◆ 巫兹纳德箴言 ◆

第七章 暗房 CHAPTER SEVEN: THE DARK ROOM

竹竿又回到更衣室，他喜欢待在这儿。过去的几天，这里做了大扫除——谁干的，他不知道。更衣室很安静，是属于他的空间，其他人出于习惯，依然还在板凳席换衣服。他在思考未来。他总这么干。

他总想起他的父亲。父亲说希望竹竿超过他，但竹竿觉得，他只是希望能再给自己一次机会……说是为了竹竿，但或许，是为了他自己。有时父亲会一个人站在地下室，一站就是几小时，看着昔日的荣耀，掸去奖杯上的灰尘。

他从没见过父亲掸过其他东西的灰尘。他高中非常成功，但他要的远不止这些。

竹竿害怕，他甚至连那个程度都达不到。这件事总让他晚上睡不着，让他吃饭突然没了胃口。父亲永远在逼他，苛责他，批评他。

竹竿叹了口气，靠在砖墙上，感受身后传来的温暖。他发现他并没有在思考未来，他在思考着失败。

这也是所有门背后的真相——他脑海里的真实想法，只是不同的失败方式罢了。

当竹竿合上书包准备走出去，一道闪过的光吸引了他的注意力。他愣住了。那个魔球回来了。是为他一个人回来的。他内心深处知道这一点。

他缓缓转过身，面对着魔球。

魔球在更衣室的角落悬浮着，差不多是视线的高度。竹竿松手让双肩包掉在地上。魔球没有动。他也没有。他深深地、冷静地吸了一口气。

然后他行动了。

他直冲向魔球，它飞走了。他转过身，在更衣室上蹿下跳追逐着魔球，一一错过。他又站上板凳，从上到下俯冲，想要像鹰一样抓到它，可魔球还是跑掉了。

魔球在他周围飞来飞去，总是够不着，像嘲弄着他。竹竿眯缝着眼睛，继续追赶着。

很快，汗淌进眼睛里。他想起昨天训练的场景，视线被阻挡的时候。更多的，他想到周围是如何慢下来的。

给自己争取时间。

他想到那朵花，深吸一口气，卸掉肌肉里的紧绷感。魔球就像雨滴一样多变。

这次竹竿行动起来的时候，他没有着急。他思考着，魔球会往哪里去，他会怎么应对，会有怎样的结果。魔球在躲着他，盲目地追赶是没有意义的。他极其认真地观察着魔球的方向，接着慢慢地，看出它行动轨迹的模式。

第七章 暗房 | CHAPTER SEVEN: THE DARK ROOM

如果他行动起来，魔球会先往左躲，接着再左转，然后右转。

左，左，右。

左，左，右。

竹竿咧嘴笑了。魔球刚刚飞向了右边。

他动了起来，假装要往右边动，但同时把左手猛地伸了出去。魔球撞进他左手手掌里。接着，更衣室变得一片漆黑。

竹竿站在一片水泥地上，黑暗在他周围延伸开来。周围没有墙壁，没有屋顶。只剩下地面和无尽的空间。有一股寒意从他的肺里钻出来。顺着皮肤爬到他冰冷的指尖。

他在哪里？他为什么在这？

这里没有门，没有走廊。比昨天那个地方还要瘆人。

竹竿转过身，发现面前有一面镜子。

镜子里的人也在看着他：瘦长，苍白，脸上都是红色的青春痘，嘴唇颤抖着。他无精打采的头发黏在额头上，看着整个人像生病一样。他的肩膀耷拉着，像被击垮一样。几个银色墨水写的单词在镜子上浮现出来：

weak pathetic loser

软弱、可悲的失败者。

镜子里的竹竿，开始对他吼出这些词。

他捂住耳朵，却没办法移开视线。他死死地盯着镜像。

然后镜像变了。他的身体充满肌肉，脸颊轮廓清晰而僵硬。他长着胡子，眼睛黑亮。这不是竹竿，是他的父亲。

父亲脸上遍布着他再熟悉不过的表情——失望。

永远是这个表情、其实主要体现在眼神里。但同样，还有他上嘴唇绷紧的线条、抱胸的手臂、和歪着的脑袋。他喉咙里随时准备吐出谴责。所有都直指他的软弱。

"我很努力了，"竹竿说着，觉得自己在父亲面前畏缩了，"我很努力了。"

"里面的幻像对你影响非常大。这面镜子。为什么呢。"

竹竿转身，巫兹纳德站在他身边。

"我不喜欢镜子。"竹竿平静地说。

"为什么？"

竹竿转会身看向父亲的幻像。他依然在那，可是变得模糊了，好像被雨水冲刷走了一样。

他发现眼睛被泪水模糊了，他都不知道自己什么时候开始哭的。

"因为我不喜欢自己。"竹竿说。

"怎么会有人不喜欢自己。自己，是我们唯一从头到尾了解的人。"

竹竿皱了皱眉："我看得见其他人。我肯定会做比较的。我就是个失败者。我知道你一直想帮我，无论用的是格拉纳还是别的什么。确实有几个瞬间，我感受到了自己的强大。但没用的。看看我，我还是这么软弱。"

"你生活在自己的思维定格的世界。你是自己观点的主人。"

"这是什么意思？"竹竿问出口，发现声音比自己想的还要大。

"意思是你决定自己要当一个失败者。你现在还可以转变这种想法。"

竹竿又看向镜子，幻像已经模糊了。"有什么意义呢？我永远不会像他一样。"

"我们正站在你的恐惧里。所以你是害怕——自己不能成为他？"

"当然，"竹竿说，"我不想让他失望。"

"再仔细看看。"

竹竿看向镜子。此时，幻像又开始变化了。他父亲的短发变得更长，更薄，他漆黑的双眼变得柔和了。肚子上的肌肉开始熔化，颧骨也降低了。

竹竿后退了一步。这是他自己，但是在他父亲的年纪，眼神充满失望。

竹竿惊呆了，他盯着自己，充满恐惧。

"这是……我？"他喃喃道。

"如果你依旧一成不变的话，是的。"

竹竿发现自己的眼泪翻涌出来。这是愧疚的眼泪。他看见了真相。

"我不再害怕我不像他。"竹竿说。

"那要如何？"

竹竿犹豫了一下，这样的话说出来有些背叛的味道："我害怕变得跟他一样。"

但这是实话。

父亲沉浸在自己的过去。他一直愤怒，并充满悔恨。他总冲着他和母亲大喊大叫，每天做一份他恨到骨子里的工作。他开始怨恨他的父亲，并且还有点同情他。

"你就是你自己，"巫兹纳德说，"如果你用尽一生去追寻别人的影子，又怎么能找到属于自己的光？"

幻像变回正常。他盯着自己瘦削的身体。

"我对你的期望非常高，阿尔非·泽兹。你要召唤出自己所有的勇气。"

"我还是害怕。"竹竿小声说。

"只是现在而已。"

说话间，黑暗消失了。

竹竿又回到更衣室，盯着自己空空的双手。他知道，自己依然没有战胜恐惧，但他最起码看到了。他发现，自己一直都怕错了人，以后不会了。他将会直面自己内心深处的问题：

"他为什么不喜欢自己？他该如何喜欢上呢？"

他抓起自己的粗呢包，走向球场。他注意到巫兹纳德站在正门旁边，对他点了点头。竹竿也点点头，拿起了球，开始热身。

雨神是最后一个到的，然后巫兹纳德走向了球场中央。

"大家集合。"巫兹纳德说，"今天练习投篮。"

他把手伸进包里，掏出一个印着 W 字样的篮球，然后眼神看向德文。

"嗯……"巫兹纳德说，"今天会很有趣的。"

他把球扔给德文，当球碰到德文手的瞬间，整个费尔伍德消失了。

这次竹竿不是被推进一间黑暗的房间。

他在山顶上，整个球队都在。竹竿疑惑地环顾。山顶很窄，更像一棵石树。这座山太高了，以至于云都在他们脚下很远漂浮着，像一簇棉花糖。山的对面是另一块升起的孤石，上面只有一块篮板、一个篮筐。

第七章 暗房 | CHAPTER SEVEN: THE DARK ROOM

在他们和那块石头之间，只有虚无和深渊。

巫兹纳德不见了。

其他人开始了争吵，但竹竿走近深渊边缘。此刻心仿佛要跳出来了，但他努力尝试去思考。

德伦根本没有这样的地方——他对此很确定。

所有脚下的云延伸到地平线的远方，映衬着蓝黑色的天空。太阳光有些苍白，依稀可以看见星星的光。近得仿佛竹竿一伸手，就能摘到一样。

一个巨大的碎裂声，像滚雷一样划破空气，他差点从边缘掉下去。

竹竿转过身，正看到脚下一大片石头碎裂开，掉落下去，马上被云层吞噬了。他没听到它们着地的响声。

脚下产生更多的裂缝，一直延伸到队伍的脚下，像一条条血管一样。竹竿抬头看了看远处的篮筐。

"我们得采取行动。"他说，打断了其他人的争吵。

每个人都看着他。

"比方说？"维恩问。

"我也不知道。"竹竿回答。

他回想起巫兹纳德说过的话。投篮。远处就有个篮筐……

"我们不是要练习投篮吗？也许我们应该去投那个蓝筐。"

又一块巨大的石头裂开了。

"投篮吧，雨神。"雷吉说，德文听到后马上把球传给雨神。

又一块巨大的石块掉下去，整个平台又缩小大约 10 英尺（约 3 米）。

队伍聚集在一起，在雨神身边围成 U 字形，雨神已经准备好投篮了。他浑身剧烈地发着抖，竹竿可以预见，这个球肯定要投丢了。

雨神的球投在篮筐上，弹了出去，消失在云朵里。

竹竿探出头看了看："看着可不妙……"

球此时神奇地弹回来，到了维恩的手上。他惊呆了，盯着手里的篮球。

"继续投篮！"竹竿紧张地说。

维恩也没投中。接下来的几个人也是。没有人能投中篮球。

球回到竹竿的手里。

总有人要打开门。

他走上前，深深吸了一口气。他的手在颤抖，所以他又深呼吸了一次，试图稳住自己。他知道，人们是因为恐惧才投丢的。但他投篮时一直都在恐惧之中……害怕投丢害怕被盖帽，害怕挨骂。

他非常了解这份心情。

有什么区别？恐惧就是恐惧。

"加快速度！"随着又一条裂缝的产生，泡椒焦急地催促道。

如果是以前的竹竿，估计听见后就马上出手了。但他抵抗住这份心情，继续着平时的投篮方式。他运了下球，最后深呼吸了一次，起跳扔出篮球，稳稳命中。

"漂亮，竹竿！"雷吉说，拍了一下他的后背。

竹竿退后一步，惊讶于自己竟然是第一个投中的人，他期待着悬崖会消失。但这还不够。什么都没有变化。看起来，每个人都必须投中才行。

第七章 暗房 | CHAPTER SEVEN: THE DARK ROOM

其他人还在挣扎。雨神又投丢一次，山顶收缩的速度加快了。现在整个山顶差不多是竹竿卧室的大小。德文又离谱地投偏了，接着是拉布，然后再是雨神。

"搞什么啊，雨神！"维恩喊出声。

他们投了一轮又一轮。

很快剩下的人只剩下雨神、拉布、泡椒和德文了。泡椒命中了，挥了挥拳。

山顶上更多石块坍塌了。他们剩下的时间不多了。

竹竿想象着掉进这些云朵里的感觉，突然有点眩晕。雨神又没投中。

"不是吧！"雨神难以置信地喊着。

德文也投丢了。拉布投中，他哥哥把他拽进怀里。又一块岩石掉落。现在雨神和德文——没有投中的人——必须在投篮时后背紧贴着整个球队。

雨神的投篮弹框而出。

"不！"维恩绝望地喊道。

球回到德文的手里。竹竿突然意识到，这样的他们并不像一个整体。他们旁观，互相喊叫，埋怨，这样一点忙都帮不上。

这不仅仅关乎每个人的投篮。如果真的是的话，为什么全队都在这呢？

他挤开人群走到前列。

"等一下！"竹竿说，走到德文的身边。

德文惊讶地看着他，但还是放下了球。

"呼吸，"竹竿轻柔地放下德文的手肘，"把手肘收缩回来。对……特别好。对着网，自信地扔出去。球出手时，手腕有一个抖动的感觉。"

很难想象，他在指导另一个人，但德文在认真地聆听，看着竹竿的演示，然后出手了。

球从篮筐弹起，弹到篮板上，接着掉入网中。德文笑了出来，在他肩膀上狠狠拍了一下……拍的力气如此大，差点把竹竿从悬崖边拍下去。

竹竿的鞋滑了一下，甚至感觉到脚下的悬空，全身抖了一下。

德文拽住他的衣服，把他拽了回来。

"抱歉。"德文说。

竹竿挤出一个虚弱的笑容。"没事。"

随着另一块巨大的碎石掉下去，雨神走上前。没有时间了。下次再掉落，整个球队都会跟着下去。

球飞上来，回到雨神的手里。

"投进它，雨神！"泡椒喊道。

他们的脚下有一个巨大的缝隙，就快撑不住了。

"赶紧啊！"维恩说。

大地在颤动。

"投篮啊！"阿墙说。

"冷静下来。"竹竿小声说。

在最后一个缝隙裂开时，雨神扔出了球。

整个山顶裂开，向后倒去，竹竿看着球向篮网飞去，想着他们会不会就这样死去。他抓住德文的胳膊，感觉到后背已经有风吹过。球继续飞着。

唰。

空心入网。整座山瞬间消失了。

第七章 暗房 | CHAPTER SEVEN: THE DARK ROOM

他们重新回到费尔伍德。

整个球队瘫倒在地，开始了鼓掌欢呼，尽是劫后余生的开心。竹竿没有。他站在那里，回想着，这可能是他此生中最有成就感的一件事了。

巫兹纳德在原地，耐心地等待着他们。

现在树朝着天空生长开来。

"欢迎大家回来，"他说，"成为一名伟大的射手，需要具备哪些素质？"

"你差点杀了我们！"维恩喊道。

"竹竿，你觉得呢？"巫兹纳德完全忽视了维恩，转向了他。

竹竿想了想："好的姿势？"

"好的投手确实需要这个，很显然，但最好的投手需要更多。"

"你知道答案的。最好的投手缺少什么？"

竹竿困惑了。最好的投手怎么还会缺点什么？

"恐惧，"德文回答，"缺少恐惧。"

竹竿差点笑出来。当然了。

"每个伟大的射手，都无所畏惧，如果害怕投丢，害怕被盖帽，害怕输球，就不会想出手投篮，即便出了手，也是急匆匆出手，恐惧会让手肘变形，让手指硬得像石头，这样永远成就不了伟大，我们该如何摆脱恐惧。"

"勇敢面对恐惧。"德文再回答。

巫兹纳德点了点头："没错，我们大家都害怕一件事，就是让朋友失望。打篮球就是面对恐惧的过程，如果不去面对，就会失败。我们要练习投篮一千次、一万次、两万次。如果都是站在即将倒塌的山上投篮，你就会成为伟大的射手。"

竹竿思考起来。这几乎描述了他每一场比赛的心态，害怕输球，害怕羞辱。这些在场上影响着他的每一个决定。如果没有这份恐惧，说不定他能好好打球。

巫兹纳德再次拿着包往墙的方向走去。灯开始闪烁，他又消失了。

竹竿转向雷吉："好险啊，刚刚。"

"是啊，"雷吉说，"太疯狂了……你刚刚在想什么？"

"什么意思？"

他犹豫了一下，压低声音。"刚刚下落的时候，我唯一的念头就是，我不想就这样结束。"

"果然平安回来了。"

他们又一起走向板凳席。他突然意识到，甚至有点惊讶地发现，他们成了朋友，真正的朋友。

他过去一直在想，如何才能交到一个朋友，应该学习什么话术，到最后他发现，只要敞开心扉就好了。

"你抓住了是不是？"雷吉突然问道，"那个魔球。"

竹竿盯着他，皱了皱眉头："你为什么这么问？"

"刚刚在山顶上，你很不一样，"他说，"像个领袖。"

"我不是领袖。"

"差点骗过我。"

竹竿红了脸，移开了视线。他余光瞥见，雨神正夹着篮球，走向最近的篮筐。脸上带着一丝沉重，甚至有点怒意。

"你在干什么，雨神？"泡椒问。

雨神走到罚球线上停了下来："投篮。"

他开始了投篮，无论命中与否，捡起篮球，再回到罚球线。

每个人都拿起篮球,加入他,包括竹竿在内。边投篮,他边想起了未来。

他的未来。

⑧ 影子竹竿

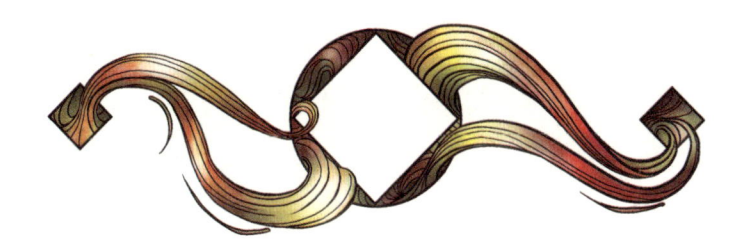

> 如果你不确定你的目的地，
> 不妨继续前行。
>
> ◆ 巫兹纳德箴言 ◆

第八章 影子竹竿 | CHAPTER EIGHT: SHADOW ALFIE

竹竿把球举过头顶，左脚撤步，起身投篮。他迎上前，在球下落的时候抓住它。感受着此刻的汗水混杂着失望。

昨晚他本来勇敢地面对父亲。他已经计划好，并说服自己，在前门打开的时候准备好了。但所有的决心，都在看到父亲的脸的一瞬间烟消云散了。

竹竿于是又跟在父亲身后，走了一遍荣誉屋，听他讲起那些老掉牙的故事。听故事的同时，他意识到，这条路还长着呢。

但也不全是坏事。他发现他将来不希望变成他父亲，就是一个开始了。他如今知道，要对抗的是什么。这让他多少有了点能够战胜它的希望。

费尔伍德的大门被吹开了。竹竿疑惑地回头，看见雪浪冲了进来，场地里出现几个模糊的雪影，有奖杯，有篮球，有高耸入云的山。一个人形的雪影运球从他身边跑过，躲开一只老虎，接着和其他所有的雪影一起，消失成了漫天的雪花。

巫兹纳德走进来，门在他身后轰然关上。

"看来格拉纳王国下雪了。"雷吉睁大眼睛,说道。

"显然是。"

"还不准备告诉队里其他人书的事吗?"他问。

竹竿思考了一下。"我觉得巫兹纳德表现得已经很明显了。"

"所以他也会在你脑海里说话?"

"是啊。"

"真让我松了口气。"雷吉喃喃道。

队伍在巫兹纳德面前集结,他环视所有人。

"你们其中 3 个人已经捉到了魔球。"巫兹纳德说,这让竹竿有点惊讶,"我能看到大家的一些变化。其他人必须保持专注。当机会来临时,必须准备好。"

竹竿想知道,第三个抓住魔球的人是谁。他猜一定是雨神吧。

"今天大家主要练习集体进攻,"他继续说,"之前已经练习过传球、视野和投篮。但篮球不是一个人的比赛,而是很多人的比赛,即使最伟大的球员,也不能单枪匹马赢下比赛。"

巫兹纳德抬起头,竹竿顺着他的视线看过去,皱起了眉。

日光灯上的灰尘被清洗干净,年久失修的横梁上的油漆仿佛被重新刷过了。费尔伍德每一天都变得更干净了。

竹竿知道,没有什么神奇的清洁工,没有什么秘密翻修队。虽然听着很可笑,但费尔伍德在自己清理自己。

他已经见证了不少格拉纳奇迹了,但这还是不一样——具象而持久。

显然,格拉纳能做的不仅仅是幻视和那些奇怪的训练,它可以带来真实世界中的改变。

书里可没有这部分内容。

第八章 影子竹竿 | CHAPTER EIGHT: SHADOW ALFIE

"任何时候，对防守我们的人多去了解了解都是好事。"巫兹纳德说着，视线依然停留在棚顶的灯上，"充分利用自己身材和速度的优势，但在那之前，我们必须明白整体进攻意味着什么，所以我们要把优势拿掉，创造出条件完全相同的防守者。"

话音刚落，头顶一半的灯灭掉了，剩下的灯依然亮着。竹竿眯缝着眼睛挡住强光。只有球队所在的这一半的灯还亮着，仿佛此刻他们正站在剧场的聚光灯下一样。

"我们要学会如何作为一个集体去进攻，"巫兹纳德继续道，"但首先，我们需要一些防守球员。"

竹竿突然感觉到背后有视线盯着自己，或者可以说是一种羽毛搔过脖颈的感觉。他后脖颈一紧，不知道发生了什么。

雨神警告般地喊出声，竹竿转过身，看见生平最诡异的画面之一。他的影子站起来了。他似乎正从沉睡中醒来，伸展着四肢，在原地跳来跳去，仿佛是他完美的3D复制品，瘦削而柔弱。所有人的影子组建成一支完全崭新的球队。

竹竿惊呆了。"天呐。"竹竿喃喃道。

"来看看今天的防守球员吧，"巫兹纳德说，"你们应该对他们很了解。"

竹竿的影子对着他伸出了手。竹竿低头看过去，有点害怕，但不想失礼，于是怯生生地伸出了手。"很高兴……嗯……见到你，影子阿尔非。"影子竹竿跟他握了握手。他的手跟他自己的一模一样……瘦弱而无力，但是冰冷。一切都一模一样，姿势，心中的紧张。影子竹竿回到场上开始热身。

"防守球员，各自落位吧。"巫兹纳德宣布。

5个影子跑到篮筐下，摆出联防的姿势，其他影子则站到替补席，互相击掌。竹竿生平从来没有见过这么疯狂的一幕。

"谁来防守谁，我想已经很明显了，但是我们不打对攻——大家只要练习进攻就行，一组接在另一组后面，大家跟平常一样打战术，首发球员先上。"

应该是在叫我没错了。竹竿紧张地想道。

"站成一排。"泡椒说。

在竹竿就位的过程中，影子竹竿伸出一只手，紧跟他的每一步，来阻挡他。球队开始传导球，却很难找到一个空位——连雨神都被盯死了。

最终，竹竿在低位接到一个传球，试图转身投篮，却被影子竹竿轻松截获了。

"真多谢了，"竹竿抱怨着，"我自己的影子让我看起来像个傻子。"

影子竹竿安慰似的拍了拍他的后背。

"首发替补，调换位置。"巫兹纳德喊着。

替补队也没找到进攻机会。每个队都在对抗着影子队，接替上场，一小时过去了，只得了寥寥数分。竹竿一直借助着自己身高的优势，没有这个优势，他就惨败了。他们每一个人都是。

"休息一下。"有一个传球被影子队抢断以后，巫兹纳德开口了。

影子竹竿点了点手腕，仿佛戴了一只表一样。"你不会累，对吗？"竹竿问道。影子竹竿摇了摇头，接着像为了证明自己观点一样，转身开始了投篮。

"炫耀。"竹竿嘟囔着。

他灌下一瓶水，感觉汗湿的T恤有了一丝凉意。

第八章 影子竹竿 | CHAPTER EIGHT: SHADOW ALFIE

"我们的影子打得我们都找不到北了。"雷吉说着,喝完了自己的那一瓶水。

"是啊,而且功劳也不是我们自己的。"

雷吉笑了:"确实不是。"竹竿回头听见对话。泡椒正在回答着谁的问题:"我们还是需要相互传球啊。"

"对于世界上大多数技巧高超的球员来说,如果是一对一单挑,总能找到自己的优势。"巫兹纳德说,"但对于其他人来说,就必须自己创造优势。而只有借助整支球队的帮助,才能达到这一点。"

"可是……"泡椒说。

"如果我们作为一支球队防守,就作为一支球队进攻。交流、计划、审时度势。"

"可是……"泡椒再次开口。

"我们拧成一股绳来进攻。首先,从简单的聚光灯开始。"

竹竿跑到位置上,手伸高要球,试图卡位。他余光总能瞥到一个没有脸的脑袋,就在他肩膀旁边,很快情况变得更糟了。场馆剩余的灯也开始变暗。随着灯变暗,影子竹竿随之变大了,竹竿甚至能在他变强壮的过程中感觉到自己被渐渐推离篮筐,他眯起眼睛,他可不喜欢这种感觉。

"泡椒,把球传给雨神。"巫兹纳德指挥着。

泡椒犹豫了:"我都快看不见他了,能把光调亮点吗?"

"我就是这个目的。传给雨神。"

泡椒叹了口气,把球传了过去。雨神接到球的瞬间,黑暗褪去,但只有雨神是这样的。仿佛有一束追光打在雨神的身上,他的防守者退了一步。

当雨神持球时,显然在思考如何进攻,光又暗下来了。

"竹竿!"雨神喊他。

他做了一个击地传球的假动作,把球顺下传给竹竿。竹竿抓住球,同时卡位准备对抗防守球员。他一接到球,白色的聚光灯就打在了他的身上。

而当他持球站定,灯光又渐渐熄灭了。他突然明白了。

"传球,是传球把大家点亮了。"

巫兹纳德点了点头:"选择能够照亮整个球场。每个人都移动起来,黑暗就消散了。"

"选择。"竹竿想着,"这还真是一个完全陌生的概念呢。"

雨神突然跑去底角,甩开他的防守球员,虽然此刻他没有持球,但聚光灯还是打在他的身上。竹竿把球传了过去,雨神开始运球准备投篮。灯再次暗下去,泡椒空切过来,瞬间被点亮了。

"必须给自己创造空位,"竹竿意识到,"只要自己有了空位也会被点亮。"

竹竿利用挡拆制造出空位,一束干净的白光马上照到他身上。

他们没有选择:要么跑动起来,要么被黑暗吞噬。竹竿不停地为队友挡拆制造空位,接球,再找位置传出去。即使他此时不在战术安排里,他也会想办法让自己融入进去。

有一次,竹竿在低位接到球。余光瞥到身后雨神被聚光灯照亮,也就意味着此时他是最好的传球选择。他紧接着用背后传球把球送了过去,雨神轻松得分。

"传得漂亮,竹竿。"雨神口吻里带了一丝惊讶。

竹竿脸红了,这应该是他第一次听到雨神表扬他。

"再来一次。"巫兹纳德说。

竹竿已经筋疲力尽了。但这次他觉得自己在享受着训练。他不仅仅是进攻中的一环，更是不可缺少的一环。球经常会被传到低位来。他甚至都没意识到，自己正用着击地传球、假动作投篮，甚至会跳起来后长传到另一侧。他的影子是一个尽职尽责的防守人，但却防不住他创造出来的无数选择。

随着训练的进行，形势产生巨大的逆转，进攻端得了比往常比赛更多的分。虽然很疲劳，但竹竿充满成就感。他发现自己很有用。他再次把球传给雨神，后者完成一个轻松上篮。随后巫兹纳德走上前来。

"今天就到这儿了，"他说，"观察时间到了。"

他又拿出雏菊，放了下来。巫兹纳德盯着影子们："先生们，谢谢你们。"

昏暗的灯开始闪烁，影子们很快消失了。竹竿坐下来，伸了伸腿。他又疲劳又酸痛，但脸上却带着微笑。

"你们在训练中看到了什么？"巫兹纳德问。

"移动。"雷吉说。

"还有呢？"

"团队。"竹竿骄傲地说。

他喜欢自己刚说出的这个词，非常喜欢。

"攻防两端，我们都是一个集体，如果使用'聚光灯进攻'战术，就会更有效率。"

教授随即安静下来。竹竿迫使自己把注意力放在花上。他观察花瓣和叶子，和往常一样，没有任何变化，时钟的滴答声似乎走得更慢了。他没有移开视线。

事实上，他在拥抱这份安静，但他很快发现，房间陷入一种异样的沉默。人群的动作声音消失了，甚至连呼吸声都停了。

他抬头，发现了原因。魔球又回来了。

他马上知道，魔球不是为他回来的。

他已经找到自己的暗房，现在是其他人的机会了。

"又来了。"拉布轻声说。

队伍动了起来，只有3个人还留在远处：竹竿、德文和杰罗姆。他们互相之间点头致意。竹竿好奇，他们在自己暗房看见了什么。生平第一次，每个人都有了共同点，他们都有自己畏惧的东西。这看似是个显而易见的发现，但不知怎么，竹竿一直以为他是唯一的胆小鬼，只有他在挣扎着。

最终，在一次聪明的尝试后，雨神抓到球，然后消失了。竹竿依然好奇，雨神会发现什么。可以预见的是，雨神肯定没有那么多害怕的东西，他的生活是那么完美。

每个人都有自己的挣扎。你没办法想象别人经历的痛苦。

"但总有些人受的苦没有其他人多吧？"竹竿想道。

你无法给别人代言。

巫兹纳德走了，但他的话还在回响。竹竿想起了上个赛季。他花了太多的时间，去假设自己是唯一有各种问题的人，从来没有去问过别人的感受，从来没有寻求过帮助。雷吉和去世的父母，壮翰和他的两份工作。

还有什么在等待着他去发现，去感受？

这也是每个领袖需要问自己的问题。

9

基石

单枪匹马无法取胜。
忘记这一点的人，
不会成功。

◆ 巫兹纳德箴言 ◆

第九章 基石 | CHAPTER NINE: THE FIRST STONE

第二天一早,雷吉和竹竿坐在远处的板凳席上。

他们已经练过投篮了,正回来喝水休息——竹竿用的是从商店买回来的水瓶,而雷吉则是可重复利用的旧瓶子,标签已经被磨掉了。

他们狠狠喝了几口,安静地坐在那里。

球队其他人正在热身,只有他们坐在板凳席上。

"我能问你个问题吗,竹竿?"雷吉说。

"当然。"

"你在那个空间里,看到了什么?"

竹竿看向他。

雷吉在热身的时候一直什么都没有说,这并不罕见,但他今天的神情很奇怪。

他的双手紧张地在大腿上不安地动着,眼睛盯着远方,看着有点红肿。他哭过了。

"你抓到了魔球。"

"今天早晨，"雷吉说，"我一个人在的时候。"

竹竿沉默了一会儿。他还没准备好分享那些细节，他可能永远都不会说，但这不是重点。

如果没猜错的话，雷吉和他发现了一样的东西。

"我看到了我最深的恐惧，"他最终开口，"我不得不面对它们。"

雷吉缓慢地点点头："有人跟你在一起吗？"

"有，"竹竿说，"一个人。你呢？"

雷吉的眼睛又泛起泪，一滴泪淌了下来，他没有擦。

"我希望能一直待在那边。"他轻声说。

所以他看见了他们。

竹竿无法想象那种痛苦……再看见他的父母，听见他们的声音，再跟他们告一次别。他的父亲非常难缠、固执，但父亲一直陪着他。

竹竿感受到心底升腾起的同情和怜悯。

"没有人需要怜悯。他们需要理解。"

"你确定，你不是一直在那里吗？"竹竿问，"我就一直生活在我的暗房里。"

雷吉闭上眼睛沉思了一会儿，仿佛在脑海中回忆着他们。

"你也许是对的，"他说，"我猜……我只是不想承认事实罢了。"

"我也是。没人想承认。"

雷吉擦了擦眼睛。"你觉得他们在天堂吗？"他问，"在看着我们？"

"肯定在的。"

雷吉伸出拳头，竹竿跟他碰了一下——严丝合缝。

"我的兄弟。"雷吉笑中带泪地说。

"你也是我的……兄弟。"竹竿回应道。

雷吉笑着站了起来，摇了摇头："竹竿，我让你笑死了。"

他们听见皮鞋的声音，转过头看见巫兹纳德正走进球场。

"距离训练营结束还有两天，"他说，"还有两个人没有抓到魔球。"

竹竿环顾四周。猜测还有谁抓到了魔球。他看向壮翰，想象他的暗室里会有什么。

他在看到巫兹纳德走进来的时候，眨了眨眼。

泡椒皱了皱眉："今天没有训练吗？"

"有啊，"巫兹纳德说，走向了正门，"只不过你们不需要我了。"

"我们应该干点儿什么？"雨神问。

"交给你们自己决定。"

他再次走进强风中，消失了。

门在他身后狠狠地关上，但这次，门跟着消失了，只剩下一个黄色的煤渣砖。

唯一进出费尔伍德的门，不见了。

"完美，"泡椒念叨着，"我猜，他是想确保我们不会早早回家。"

"我不太确定。"竹竿小心翼翼地说。

场馆里响起一阵低沉的轰隆声，就像某架古老的机器开始运作一般。

竹竿想起那些地板和天花板下流淌的银色血管，那颗跳动的心脏。如果场馆真的是活着的……是不是意味着，它会动？

紧接着，场馆四周的墙壁开始移动，往里收缩。

"这不可能。"维恩念叨着。

"可能或者不可能，这事可太主观了，"拉布烦躁地说，"有想法吗？"

竹竿惊呆了。他看着墙渐渐靠近，下巴都合不上了。

墙壁靠近时，板凳席和更衣室也随之一起移动，以缓慢却无法阻止的速度。

他试图思考。这是一种测试吗，当然……但是测试什么？他们会不会害怕？

如果是的话，他们肯定失败了。雨神开始捶墙面。维恩拿着球准备尝试得分。整个球队都加入了他，上篮，罚球，或三分球，但都没有用。

墙壁依然在以一种无可阻挡的速度合拢着。

竹竿试图不去想被挤碎了会如何，但他满脑子只剩下这一个念头了。他苦思冥想着。

他们练习过了团队进攻、团队防守、投篮、传球，甚至有氧运动。

篮球还有什么？

德文突然跑到钢铁做的板凳席的一端，试图把板凳席拽起来。

"来帮忙啊！"德文喊道。

所有人都跑过去，试图把猛犸象一般沉重的板凳席，从墙上拔出来。这套设施至少有3吨重。

所有人的力量集合起来，才让它开始动——竹竿感觉肌肉都快爆炸了，身体仿佛着火。

第九章 基石 | CHAPTER NINE: THE FIRST STONE

他到了另一侧，发现自己正和壮翰肩并肩，在同一端使着劲。

"从旁边搬！"雨神喊着，"我数到三！一……二……拽！"

他们在只剩几厘米的时候，把板凳席成功转了过来。

墙还在推进，所有人屏息等待着，咬着指甲，祈祷着，或者呆呆地看着墙靠近。

在一阵刺耳的触碰声中，墙和板凳席靠在一起，甚至连速度都没有因此减缓。

板凳席中间的钢筋开始翘起来，弯成一个拱形，发出刺耳的声音。

"用板凳！"竹竿绝望地说。

虽然说出口了，但他知道一定是无用的，他只是觉得自己一定要做点什么。

他和雨神重新把木质的板凳叠在一起，但它们看起来就像牙签搭在一个巨大的虎钳上。

板凳席还在被推挤着，它们可比那些木板凳结实多了。

"巫兹纳德！"泡椒喊道，捶着墙，"帮帮我们啊！有人吗！"

维恩试图打电话，但沮丧地把手机扔在地上："他不接电话！"

竹竿想到了父母，一想到再也见不到它们，胃里开始翻腾。

虽然父亲一直谴责他，给他上课，对他严厉，但一直对他保护有加。竹竿是家里的独生子，也是父亲下班回家会寻找的第一个人。

父亲总会带他去购物，陪他钻研比赛，或者和他一起看球。他母亲甚至都不想让他来队里打球。她担心这对他而言压力太大了。她总会说，想待在家里也没问题。

警察会怎么告诉他们……这一切？他们一定会伤心欲绝的。

他们会做什么?

"看!"有人喊道。

竹竿转身,寻找着是否有神奇的门出现。

事实是,魔球回来了,就在他们头顶。

墙已经缩到球场那么大。几分钟以后,整个球队都会被压死。魔球救不了他们。或者说……救不了所有人,但可能救得了其中一个人。

"我们有人能逃出去啊!"竹竿说,"你可以消失,还记得吗?"

"只有那些还没抓到魔球的人才行,"雷吉补充,"只对他们有效。"

拉布和泡椒互相看了看,竹竿知道只有这对兄弟还没抓到魔球。

"到看台上面去!"拉布喊。

球队爬上正在折叠的看台。看台遭受墙壁挤压,越来越高,几乎成了倒 U 字形。球队爬上这堆废铁,不断向上攀爬。

因为看台此刻已经弯曲了,这增加了一些难度,但很快他们都爬到看台弯起来的最高处。

竹竿站起来试图去够,魔球还是太高了。拉布和泡椒够不到的。

"太远了!"拉布大喊。

竹竿跌坐下来。

一切都结束了。

魔球就是他们最后的机会。

但是德文还没有放弃。他爬下来,伸出胳膊和腿,四肢着地

第九章 基石 | CHAPTER NINE: THE FIRST STONE

趴在地上，抵在弯起的板凳席上，用四肢搭起一个平面。

"来啊！"他喊道，低沉的声音压过了噪音，"我们来搭个金字塔。"

竹竿想都没想。他趴在德文身边，然后是阿墙、壮翰、雷吉，他们为金字塔搭了个结实的根基。

雨神，杰罗姆，维恩爬了上去，搭起了金字塔第二层。

整个金字塔晃了晃，但竹竿咬紧牙，用尽全身所有的力气。

最终，拉布和泡椒爬到塔顶，踩着队友，终于站起来保持住平衡。

竹竿吞下了闷哼，身上的重量又增加了。

他知道金字塔其余人——包括他在内——不会得救的，然而不知怎么，却觉得这样做才是对的，哪怕有一个队友得救，也证明他们至少努力过。

长久以来，他在镜子里都只看到一个懦夫。可他此刻却在这里，牺牲着自己。

他一点都不难过。

金字塔底很奇怪，一片沉默。

竹竿甚至感觉到一种奇异的麻木感。

也许是镇定吧。墙还在继续靠近。

"快点！"雨神喊道，"抓住它！"

墙已经近乎合死了。竹竿闭上了眼睛。

"一……二……三！"泡椒的声音盖过了噪音。

竹竿感到后背针扎般疼痛，他甚至听见有人因为疼痛哭了出来。

突然，随着一声低沉的轰隆声，一切安静了下来。

竹竿睁开眼睛，四面墙停止缩进，开始往它们来的方向退回去，留下一片被挤碎的废墟。

"狼獾万岁！"泡椒在金字塔顶喊着。

突然，整个队伍爆发出山呼海啸的呐喊。

"狼獾万岁！"竹竿哭喊着。

人形金字塔在劫后余生的呐喊和欢呼中解体。

人们渐渐爬起来，四肢支撑着爬起来，也帮着身边的人站起来。

竹竿环顾四周，发现拉布抢到魔球。他也该猜到的，泡椒不会丢下他一个人的。

很快，人们开始拥抱，欢笑，击掌。没有人试图隐藏泪水。

墙回到了原位，板凳席也恢复了，人们轻松地从上面爬下来。

破碎的篮网和玻璃篮板重新恢复原状，被挤成碎片的板凳也被重建了，钉子都是崭新的。场馆里的牌匾也恢复得很完美。

很快一切回位，连大门都回来了。

不仅仅是重建，所有都是崭新的，竹竿觉得自己属于如今的费尔伍德。

竹竿转向德文："你救了我们。"

德文羞怯地笑了："我只是做了该做的。"

"不，"竹竿说，"你保持冷静。你知道自己可能活不下来，但依然选择这么做。只有勇敢的人才敢这样做。有你在真好。"

德文看着他，咬着嘴唇，然后点点头，移开了视线。

你为其他人打开一扇门。继续保持。你要让他们都做好准备。

第九章 基石 | CHAPTER NINE: THE FIRST STONE

"准备什么？"竹竿皱着眉想着，"训练营马上就结束了。"

真正的试炼，就要开始了。

10

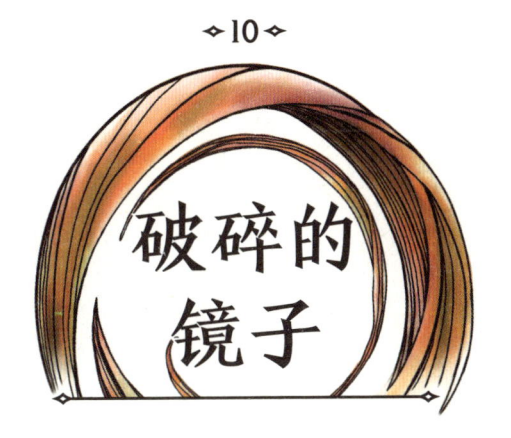

破碎的镜子

我们内心都有一百万个疑问，

只有一个人可以回答。

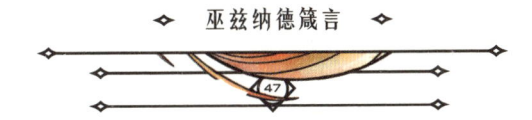

◆ 巫兹纳德箴言 ◆

第十章 破碎的镜子 | CHAPTER TEN: THE BROKEN MIRROR

竹竿看向了窗外。天有点昏暗——今天是训练营的最后一天。一半是云,一半是雾。穿过云层的阳光几乎是棕色的,外面一丝风都没有。整个车程,都分外安静。

竹竿的父亲看向他:"你最近都很安静。"

"好像是。"

"发生什么事了?自从训练营开始,你就很安静。"

他们把车停在费尔伍德的大门口。

竹竿停顿了一下:"我感觉有些不一样了。"

"哪方面?"

"嗯,"竹竿说。"我有种预感,这个赛季会不错。"

"啊哈,"父亲说,"你得多出去,多在球队面前表达自己……"

"我知道,"竹竿说着打开了门,"晚上见。"

他关上车门,走向费尔伍德,带着一丝微笑。像往常一样,雷吉已经到了,并穿好球鞋,一个人坐在远处的板凳席上,看着球场。竹竿走过去，坐在他身边。

"怎么样，兄弟？"雷吉说，跟他对了一下拳。

"准备好打球了。"

"是啊，"雷吉说，"我也是。我一是在思考，你觉得这一切是为了什么？"

"什么？"

雷吉指向球馆："所有这一切。巫兹纳德到我们球队来，为什么选择了我们？为什么是狼獾队？"

竹竿穿上球鞋，思考着。这个问题他确实也想过，当然想过。他又重新看了一遍那本书，意识到他们错过了一条关键的线索。

他看着雷吉，把书拿出来，翻到那一页：是一个女人的照片——高挑而英气，拿着一个皮包。她正走向火焰。

"读出来。"竹竿说。

雷吉拿过书。"巫兹纳德们总是到最需要他们，也是最紧急的地方。"他皱了皱眉，"显然，我没看到这部分。不过这听起来也没什么说服力。"

"不。"

雷吉手摸着那幅画："你觉得会有坏事发生吗？"

"既然书的其他部分都说对了，"竹竿说，"巫兹纳德说过……"

"真正的试炼就要开始了。"雷吉念叨着。

竹竿哼了一声："是啊。我们都听到这句话。"

雷吉把书还给竹竿，瞄了一眼大门，然后凑近，放低声音说。

"我们在巫兹纳德到来之前，从来没有听说过格拉纳，这是有原因的。"

第十章 破碎的镜子 | CHAPTER TEN: THE BROKEN MIRROR

"你什么意思?"

"你觉得是谁赶走德伦所有的巫兹纳德?"雷吉问。

队伍渐渐到来,但他们都在做着热身,没有注意到他们。另一侧场馆很安静。竹竿觉得汗毛都竖起来了。他也凑过去。

"塔林总统?"

"我父母留下一些东西,"雷吉轻声说,"我觉得我知道要发生什么了。"

竹竿靠得更近了。突然间,场馆的大门打开,熟悉的冷风吹了进来,雷吉和竹竿被吹了出去,后背狠狠摔在地上。竹竿躺在那,有点眩晕,不由自主地笑起来。雷吉也笑了起来。他们都爬起来,把板凳回归原位。

"你们没事吧?"泡椒挑着眉问。

"没事。"竹竿说。

他看着雷吉,但雷吉只摆出口型:"下次再说。"竹竿点了点头,他们拿起球,继续热身了。他在练三分球、侧翼的空切、低位动作和翻身跳投。竹竿在外线防守着雷吉,他们也练习了传球,跑位,出着汗,也笑着,鼓励着彼此。

巫兹纳德9点整准时出现了,在中场召集大家。他看着和往常一模一样——一样的西装、一样的领带、一样的怀表。他绿色的眼眸转着。

"你们中,只有一个人没有抓到魔球。"他说,"为什么?"

"因为……你叫我们这么做的?"维恩声音带着疑问。

"但这是为什么?你找到了什么?"

"恐惧。"雷吉在竹竿身旁说。

竹竿点了点头。他绝不会主动去探索自己的恐惧。他以为这些都是很明显的，就在他身边，每一天陪伴着他——是他面对所有无法解决问题的普遍做法。但恐惧却因此逃得更深了。那些被他关上的门，逃离开的场所。

甚至在没有意识到的时候，它们已经塑造了他的整个人生。

"如果这世上只有一件事能阻挡你前进，那就是恐惧。"巫兹纳德说，"想要赢得胜利，必须战胜恐惧。无论是篮球……还是任何事情。"

"但是……我们做到了，对吧？"壮翰说。

"恐惧没那么容易战胜，"巫兹纳德回答，"恐惧还会再度降临，大家要时刻准备。"

他打开包，把手伸了进去。

竹竿听见挠门声，转过头看向更衣室的大门。

"竹竿……你对训练内容很了解。"

竹竿跑过去，把卡罗放出来，她先停下来等着竹竿挠了挠她的脖子。巫兹纳德开始设置障碍了，比以往的都更难缠。灯光开始闪，一半灯灭掉，影子们出来了。

"影子竹竿。"竹竿对着他点点头。

影子竹竿拍了拍他的肩，去防守端站位了。

随后，训练开始了。准确地说，是很多训练。竹竿一遍一遍地对抗着自己的影子。他被卡罗扑倒。他爬上场馆的地板，从另一端滑下来，爬过障碍和数不尽的楼梯。他的右手又不见了，投丢了无数个球。

但他还是努力着，尝试着，直到身上每一寸布料都被汗水打湿。

跑完第五圈后，他准备把球传进垂直放置的篮筐里。迄今为

第十章 破碎的镜子 | CHAPTER TEN: THE BROKEN MIRROR

止,他还从来没有成功过。他常用的右手不见了,他试图用左手投进去。

他深呼吸一口气,稳定一下。

篮筐消失了,取而代之的是一个塔形的镜子。竹竿发现自己正盯着自己的镜像,和往常一样,镜像开始变化。他的父亲又出现了。接着镜像变了,竹竿看见曾经的自己:凄惨、迷失、失望的自己。这是他曾害怕过的未来。是他暗房里的秘密……他害怕会变成他的父亲。他害怕永远不会对自己满意。场馆开始安静下来,只剩下他和自己的镜像。

他看着那双暗淡的棕色眼睛,一切噪音都听不见了。突然,他扔出篮球。

镜子碎成无数片。它们掉在地板上,熔化了,只剩下那个篮筐,球稳稳地穿了过去。竹竿跑过去捡起球,继续跑了起来。

只有一个人可以重建那面镜子。不着急,慢慢来。

当训练结束的时候,影子们在灯光下消失了,卡罗慢慢地踱回了更衣室。竹竿拿起水瓶,和队伍一起聚集在巫兹纳德身边。

"结束了吗?"杰罗姆问。

"还有一件事。"

阿墙哼了一声:"墙又会缩过来,准备挤死我们,是吧?"

"你真的觉得会挤死我们吗?"竹竿问,看向了他。

"当然,似乎如此。"维恩回答。

"我不这么想。我觉得费尔伍德其实很感谢我们的努力。"竹竿说。

队里其他人皱着眉看向他。

"他说得像这场馆是个人,只有我这么想吗?"杰罗姆问。

"不,是只有他这么想,"维恩说,"你说什么呢,竹竿?"

竹竿看向巫兹纳德。

说吧。

"你们注意到场馆的这些变化了吧?"竹竿说,指着场馆。

"所以呢?"杰罗姆问。

"是我们造就的。"竹竿回答。

"竹竿终于疯了,"壮翰喃喃道,"如果一开始他是正常的的话。"

"什么叫是我们造就的?"阿墙问,"我什么都没做啊。"

"不,"竹竿说,"那些汗水。你们注意到有什么奇怪的地方吗?"

"那些汗水……消失在地板里了?"雷吉说,"对……我也注意到了。"

"没错,"竹竿激动地点点头,"从第一天就开始了。地板像海绵一样在吸收着我们的汗水。第二天,场馆的牌匾就被修好了。每一天都有新的变化。"

他昨晚终于想通了所有的事。巫兹纳德说,汗水可以造就最大的改变,原来他说的就是字面意思。费尔伍德在吸收他们的汗水,让心脏跳动起来,让这座体育馆活过来。长久以来,它需要的就是努力。

"所以,这个场馆是活的……"雷吉说。

竹竿皱眉说:"我也不确定,但它确实差点吃了我们。"

每个人都看着他。他无法判断大家是不是在嘲笑他,或者觉得他疯了,或者只是回到无视他的状态。然后维恩笑了出来,雷

第十章 破碎的镜子 | CHAPTER TEN: THE BROKEN MIRROR

吉和杰罗姆跟着笑了起来，所有人都笑了。他惊讶地发现，连壮翰也笑了。

"竹竿都会讲笑话了，"泡椒摇了摇头说，"接下来会发生什么新鲜事？"

他开始打着节拍：

> "Camp is almost done
> We probably still got to run
> Putting Champs on a banner
> The quiet over clamor
> Peño waits to watch
> Cheers and stops
> He wanted rhymes with 'Badger'
> But the words didn't matter
> Ball is roads and ramps
> No more time for losses
> Only time for champs.

训练营眼看要结束

狼獾队仍然要奋斗

锦旗上印一个冠军

行动是最好的证明

泡椒等待着来临

欢呼声时断时续

他想找狼獾的押韵

但歌词不需要在意

篮球路上起起伏伏

没时间接受失败

有时间迎接冠军

每个人都笑了,他们围着泡椒笑着,拍着他的肩膀。竹竿也加入他们,一起欢呼。壮翰起身,与竹竿撞到一起,在竹竿要摔倒时,壮翰抓住他的衣服,把他拽了回来。

他们互相看了几秒,壮翰放开他的衣服,皱起了眉。

"我还是会向那个首发位置发起挑战的,竹竿。"他说。

竹竿笑了:"我巴不得呢。你可以叫我竹竿。西波堕姆狼獾队的每个人都需要个外号。"

壮翰笑了:"说得对,竹竿。"

巫兹纳德捡起他的包,向大门走去。

"你刚刚说过,我们还有最后一个谜要解?"雨神叫住他。

"没错,"巫兹纳德说,"每个人都有一个。对了,顺便说一句,欢迎加入狼獾队。"

当他消失在阳光中,人们又一次开始了欢呼,这次门在他身后轻柔地关上了。大家开始聊天讨论。竹竿加入雷吉,一起走向板凳席。

"你真的觉得我们能拿冠军吗?"他问。

竹竿耸了耸肩:"一切皆有可能。"

他们一起坐着,看着球场,听着大家的笑声。

"这赛季,可不得了。"竹竿说。

"是啊,哥们儿。谁知道会发生什么。"雷吉附和着。

第十章 破碎的镜子 | CHAPTER TEN: THE BROKEN MIRROR

"我们要做好准备。"

雷吉看向他:"你已经不是训练营开始前的你了,是吧?"

"我才刚刚扎根呢。"竹竿说着,笑了起来。

雷吉笑着摇了摇头:"你知道你的谜团是什么吗?"

竹竿皱了皱眉:"说实话,不知道。"

他边换鞋边想。他把鞋塞进包里,皱着眉,从里面掏出一张纸,卡片大小。上面用银色的墨水写着一句话。

How does one master the mirror?

怎样才能征服镜子?

竹竿拿着卡片,思考了一会儿。他发现自己太多的问题根源都是那面镜子——不是传统意义的镜子,是镜子代表的东西,是他自己。

他笑着把纸条塞了回去。

"要学会喜欢上自己。"竹竿喃喃道。

他发现,这也是他名字里的一部分。竹竿一直代表着他憎恨的东西,因为他只看到名字里瘦长、软弱、不被需要的部分,但不仅仅是这样的。

如今他知道了,这个名字意味着他永远有生长的空间。

他们都换好衣服,互相等着对方,好像所有人都在等待今天。当最后一个队友拉布,站起来时,他们都跟他一起,走向大门,像个团队一样。

竹竿走的时候,看见脚下流淌的银色血脉和费尔伍德跳动的心脏。

"你们周一晚上都会来训练吗?"雷吉问。

"明知故问,"拉布说,"你呢?"

"绝不会错过的。"他说。

雨神是第一个走出去的,接着替大家拉住门,阳光照了进来。

有史以来第一次,西波堕姆狼獾队,全队一起走出了体育馆。